EL PERRO DEL HORTELANO

TEATRO

LOPE DE VEGA

EL PERRO DEL HORTELANO

Edición
Antonio Carreño

COLECCIÓN AUSTRAL

Primera edición: 21-VI-1943
Duodécima edición: 15-X-1998

© *Espasa Calpe, S. A.*

Diseño de cubierta: Tasmanias

Depósito legal: M. 37.175—1998
ISBN 84—239—7221—6

Impreso en España/Printed in Spain
Impresión: UNIGRAF, S. L.

ESPASA

Editorial Espasa Calpe, S. A.
Carretera de Irún, km 12,200. 28049 Madrid

ÍNDICE

EL PERRO DEL HORTELANO

PALABRAS PRELIMINARES

Si comparamos la larga lista de ensayos críticos que versan sobre *Fuente ovejuna, El caballero de Olmedo* e incluso *El castigo sin venganza* —las tres comedias consagradas de Lope de Vega (1561-1635)— con la asombrosa escasez sobre EL PERRO DEL HORTELANO (anotamos trece en nuestra bibliografía), se realza la importancia crítica dada a las primeras frente a la escasa atención a la segunda. Pero es posible que ese lector «archiculto» —que es el crítico— no haya valorado debidamente estructuras, niveles de teatralidad, desarrollo de personajes, acción (conflicto amoroso, social), trama —enredos, engaños, falsa identidad—, frustración sexual, decoro, lenguaje de tercerías, a la par con los múltiples lugares comunes (de todo hay en EL PERRO DEL HORTELANO) a la hora de valorar la preferencia de una comedia frente al silencio ante otra. Pero el problema es mucho más complejo (de recepción crítica) para liquidarlo en varios párrafos.

Hay comedias que nuevas lecturas críticas sacan del archivo literario; otras que se arrojan de nuevo en el gran armario del olvido; unas terceras que salen y entran con admirable destreza. Es verdad como un puño que Lope es más «teatral» y «teatrero»; menos poeta y poco prosista. No porque lo contrario no sea cierto (gran poeta, magnífico prosista), sino porque así lo ha determinado el canon crítico. Éste se remonta a las contundentes afirmaciones de un Menéndez

Pelayo. Muchos de sus «esqueletos» (Luis de Góngora fue uno de ellos) aún perduran, bien por la rutina crítica, bien por esa perenne manía en destacar lo diferente del pan-hispanismo (el conflicto, por ejemplo, de las tres culturas: cristianos, judíos, árabes), o por la férrea mano dogmática que asume la autoridad y anula la duda. Ésta origina todo devenir inquisitivo. Acariciar la duda es moldear un nuevo horizonte; asentar la posibilidad de otra verdad.

En líneas generales se delinean los siguientes problemas: ¿qué factores determinan la preferencia de lecturas —críticas o representadas— de las comedias de Lope cuando disponemos de casi cuatrocientas? ¿Qué elementos establecen su orden o jerarquía? ¿Cuáles se realzan en cada comedia? ¿Hay un baremo o constante (honor/honra; villanos/aristócratas) que se destaca frente a otro que se suprime? Finalmente, ¿qué importan más, los personajes, los motivos que coordinan las acciones, el conflicto social, la palabra declamada o escrita?; ¿o aquellos factores que establecen cada comedia como espectáculo, como diversión, risa y asombro ante la trama bien hilada? Aseguraría que la atención o desdén hacia una comedia «X» lo ha determinado, en parte, la recepción crítica; y en escasos momentos el entusiasmo o la frialdad del espectador ante la representación. Nuestra documentación sobre este aspecto, y en referencia al siglo XVII, es casi nula. Así las cosas. La conclusión es obvia: EL PERRO DEL HORTELANO ha recibido como literatura teatral, dramática, una mínima atención crítica.

Lo que contrasta con la nota informativa que me pasó recientemente mi colega José Amor y Vázquez, y que él firma. Se publicó en *Puente Atlántico,* el Boletín de la Asociación de Licenciados y Doctores Españoles en los Estados Unidos (año X, núm. 1, marzo de 1990, 7). En un pequeño pueblo (Wareham), situado al lado de una bellísima ría, en el estado de Massachusetts, se presentó durante la primavera de 1988 EL PERRO DEL HORTELANO. La compañía local («Gateway Players»), continúa la nota, tuvo un gran éxito. La obra se mantuvo en cartelera durante seis semanas, contando con dos representaciones por semana. Se llegó a hacer una representación televisada, comercializándose en forma de vídeo. «Lope», indica «Pepe», «atrajo más público que G. Bernard Shaw y T. S. Eliot en temporadas consecutivas». EL PERRO DEL HORTELANO, en traducción de A. David Kossoff, el mejor editor de esta comedia, concluye, se presentó «para la mejor comedia del año en el sureste del estado».

La nota, por mínima, es significativa. ¿Qué admiraron estos espectadores de EL PERRO DEL HORTELANO? ¿Les cautivó los abstractos conceptos de «honor/honra», o las inteligentes y provocativas insinuaciones de Diana, quien, burlándose de Teodoro, se deja burlar amorosamente? Amor y celos; frustración sexual y deseo; envidia y formas de decoro; inteligencia y engaño; gracia lingüística y chiste apicarado («comer», por ejemplo, con doble sentido) se constituyeron en el imán de atención para estos sesudos yanquis de Wareham. Acortaron la distancia con que se ha visto nuestra cultura como «diferente». Porque en Lope funcionan los instintos primigenios, básicos. Y éstos alborean en las culturas de todos los tiempos. Los espectadores de Wareham fueron, lisa y llanamente, los mejores receptores críticos de una de las más finas comedias de Lope de Vega.

INTRODUCCIÓN

Paradójica es la situación de Diana, condesa de Belflor. Rodeada de una variada *coterie,* vive en su palacio, en Nápoles. Es pretendida por un marqués (Ricardo) y un conde (Federico), pero rehúsa aceptar sus ofertas de casamiento (v. 97). Arriesga con tal decisión su posición política. Se lo indica claramente Otavio: «El condado de Belflor/pone a muchos en cuidado» (vv. 105-106). El mismo aviso le llegará al duque de Ferrara en *El castigo sin venganza* (1631), también de Lope. Le muerde a Diana la envidia y los celos al conocer las relaciones amorosas de Teodoro, su secretario, con Marcela, dama del palacio. Castiga a los dos amantes con la separación. Lo que desarrolla la ambición de Teodoro al verse objeto del deseo de Diana, que ésta enciende y frustra cíclicamente. Su conducta raya el paroxismo, la inestabilidad emotiva y, como veremos, la histeria. Diana obliga a Teodoro a romper con Marcela; la condesa se le presenta como ambiciosa alternativa, que ésta trunca por imposible. La vuelta de Teodoro a Marcela reanuda en Diana nuevas envidias y celos, seguidos de rotunda prohibición a que Marcela dé oídos a Teodoro. Surge nuevo interés por parte del secretario hacia la condesa, seguido de otra decepción, etc.

El deseo de la condesa de Belflor por Teodoro da en frustración y en inhibición sexual. Porque el «decoro» (diferencia de jerarquía) prohíbe la unión con su secretario. Y son estos los ejes (deseo, decoro) que hilan la acción. De ahí que «el perro del hortelano» derive de un conocido refrán que se incrusta en el texto: «es del hortelano el perro:/ ni come ni comer deja,/ni está fuera ni está dentro» (vv. 2297-99) [1]. A mediados del tercer acto insiste Dorotea: «Diana ha venido a ser/el perro del hortelano» (vv. 3070-71), estableciendo la alternativa («o coma o deje comer») en un verso más adelante [2]. La conjunción negativa «ni» del refrán establece dos puntos de prohibición: las relaciones amorosas entre condesa («ni come») y secretario, y entre éste (a quien «ni deja comer») y su dama. Tan sólo se cumple el deseo de Diana al cambiar Teodoro de identidad. Se asume como hijo del viejo conde Ludovico (v. 2555), quien tuvo un hijo del mismo nombre, cautivo en tierras lejanas por más de veinte años (v. 2752). El motivo folclórico del hallazgo del hijo perdido cruza las literaturas de todos los tiempos.

La trama le vendría a Lope como anillo al dedo. Porque el mismo Teodoro encubre, veladamente, el quehacer en vida del Fénix de los Ingenios. No tan sólo porque Lope fuera secretario *(ad panem lucrandum)* de eclesiásticos (el obispo de Ávila, Jerónimo Manrique) y nobles (marqués de las Navas, marqués de Malpica, conde de Lemos, duque de Alba, duque de Sessa) [3], sino porque también se figuró, líricamente, asiduo cultivador, como buen «hortelano», de se-

---

[1] El verbo comer tiene una evidente connotación sexual. Numerosos ejemplos se aportan en la *Poesía erótica del Siglo de Oro,* ed. Pierre Alzieu, Robert James, Yvan Lissorgues, Barcelona, Editorial Crítica, 1983, págs. 62, 65, 83, 132. La expresión proverbial «perro del hortelano» la fija la lengua inglesa («dog in the manger») en 1573. Véase en este sentido Francis C. Hayes, «The Use of Provers as Titles and Motives in the *Siglo de Oro* Drama: Lope de Vega», *Hispanic Review,* 6 (1938), 305-323.

[2] La relación comida/tótem (aquí sería el «huerto» de lo prohibido) fue descrita por Freud. La transgresión del decoro social —relación de condesa y secretario— implica la transgresión de la estructura patriarcal y la radical inversión de valores. De ahí que el engaño se encubra anulando el tótem.

[3] Américo Castro, Hugo A. Rennert, *Vida de Lope de Vega (1562-1635)* (Salamanca, Ediciones Anaya, 1968), págs. 13-29, 31-44.

ñeros jardines amorosos. Recuerda su oficio en el magnífico romance «Hortelano era Belardo», cuya máscara se transfiere tanto a su obra lírica como a su literatura dramática[4]. Belardo (detrás Lope) es un magnífico jardinero —en el romance— de la mejor farmacopea sexual. Dobla el apicarado conocimiento que exhibe Tristán en EL PERRO DEL HORTELANO (vv. 1374-95), ducho en plantas medicinales aplicadas a una extensa variedad tipológica de enfermedades de amor. Diana es un «caso» a resolver. El «hortelano» apunta también a un espacio cerrado: el huerto o jardín que el perro guarda y protege, y que su dueño cultiva con esmero.

Tal espacio asocia del mismo modo el título de la comedia: un sustantivo con un sujeto y un dativo de pertenencia que denota servilismo («perro»), propiedad («del») y oficio agrícola («hortelano»). No menos significativo es el sintagma-sujeto «perro». Lo distancia irónicamente del dativo de pertenencia («del hortelano»): dos formas masculinas que se invierten en el reparto de la obra y no menos en la correspondencia de acciones. Ambos quieren «comer» (tanto Diana como Teodoro), pero ésta se torna en vigilante (y en vigía) del dócil secretario. El término «perro» aplicado a Diana rompe los ceremoniosos ademanes y gestos de una encopetada condesa (joven, bella, terriblemente provocativa), y la sitúa en un nivel de obsesiones primarias inhibidas ante el decoro social que le prohíbe la relación amorosa con su vasallo. De ahí que la prohibición sea también motivo central; y lo sea la cantinela del refrán que provoca en el espectador la sonrisa complaciente.

El título predetermina así el apicarado enredo de la comedia: ni se come ni se deja de comer. Tanto el sujeto («perro») como el predicado («del hortelano») asocian, resumiendo, varias correspondencias literarias: *a)* de un refrán hartamente conocido, implicado en el título y aludido en la comedia; *b)* de la asociación sexual del «comer» (vigente aún en el español actual), y *c)* de la función de servilismo que

---

[4] Véase nuestra monografía *El romancero lírico de Lope de Vega* (Madrid, Editorial Gredos, 1979), págs. 158-184.

desempeña el «perro» (ironía) frente a la del «hortelano». Pero el «hortelano» Belardo era también reminiscencia de la vida de galanteo de Lope en la corte, y de su primer gran *affair* con Elena Osorio, quebrado bruscamente al verse desplazado por otro pretendiente de mayor alcurnia. Porque Lope fue víctima, al igual que Teodoro, del «decoro social», sujetos ambos a la dependencia de un oficio (secretario), y de un noble que los alimenta.

Si la conducta de Diana se figura como la del perro del refrán —ni come ni deja de comer—; y si este comer se revierte pícaramente en acción sexual, el huerto por translación o por inconsciente deslice (aquí Freud sería útil) encubre el deseo fálico reprimido, pero no menos latente. Mueve las múltiples vueltas que Diana da para lograr, por engaño, su unión con Teodoro, cuyo nombre (del griego, «dado por Dios») implica don divino, regalo. Tristán intuye magistralmente la situación, tanto de la condesa como de Teodoro, anulando con la identidad que le inventa la prohibición; es decir, el tabú del «ni come ni deja de comer» del refrán. Otra serie de imágenes concretan el campo semántico de lo sexual. Lo íntegro y lo sólido («porfía», «fuerza») se oponen a lo frágil y quebradizo (vv. 29-33). Se extienden, en un segundo plano, a la relación entre amor (esencial) y decoro (accidental); entre emparejamiento (unión) y separación (prohibición).

II. DIANA Y SU *COTERIE*: LOS MOTIVOS DE LA ACCIÓN

Es decir, EL PERRO DEL HORTELANO es una comedia palaciega, caracterizada por varios estamentos bien jerarquizados: nobles (Diana, condesa de Belflor; un marqués —Ricardo—; el conde Federico y el viejo conde Ludovico) y vasallos. Éstos se agrupan, bien en forma de damas de cámara (Marcela, Dorotea, Anarda); de secretario (Teodoro), mayordomo (Otavio), gentilhombre (Fabio); o de servidumbre menor: lacayos (Tristán, Antonelo) y criados (Leonido,

Celio, Camilo, Furio, Licano). Tanto el conde Federico
como el marqués Ricardo (también solteros) son los equiva-
lentes masculinos al estado social y civil (soltera) de Diana.
Son sus pretendientes. El interés por ésta es meramente político: encabezar el condado que preside. EL PERRO DEL HOR-
TELANO presenta, como vemos, un elenco jerárquico de personajes metódicamente estructurados, estáticos, inamovibles.
En el fondo, el otro refrán: «cada oveja con su pareja». El
decoro de tal estratificación sólo lo perturbará el engaño
(aunque real, no menos aparente al guardarse como secreto)
al cambiar Teodoro de identidad. Logra de este modo su
gran ambición: la mano de Diana. El engaño ajusta la unión
imposible entre desiguales (Diana y Teodoro) satisfaciéndose
así el deseo.

Los personajes se estructuran, pues, en parejas: *a*) Teodoro, secretario de Diana, y Marcela, dama; *b*) Ricardo,
marqués, y el conde Federico; y *c*) finalmente, Tristán (al
servicio de Teodoro) frente a Leonido y Celio, lacayos al
servicio del conde y del marqués, respectivamente. Las parejas desempeñan funciones teatrales que se complementan
(*a-c*) o se oponen (*a-b*). La oposición entre rivales la establece la hábil manipulación de Diana al despertar la ambición de Teodoro, enfrentándolo ante los otros pretendientes.
La intriga se engrandece y concreta al desarrollarse en su
mayoría en el «adentro» de las salas del palacio. Diana es
génesis de la acción: incita a Teodoro, despierta su interés,
anula sus pretensiones, mueve de nuevo su atención, en un
inteligente zig-zag de confesiones y palinodias. Tales acciones son simulacro, mímesis, de quien fuera del texto traza
sobre el pliego los movimientos de los personajes, anulando
entradas o salidas. Diana es, pues, la gran figura de la dis-
cordia; Tristán lo será de la concordia: mágico demiurgo que
da solución feliz —a través del engaño— a las relaciones
entre Teodoro y Diana. Lo que tiene su correspondencia en
el plano temporal. Se abre el primer acto con un fondo en
sombra, a media noche. Es el inicio del primer engaño y de
la primera intriga. En la plenitud del mediodía concluye la
última escena. Se celebra la llegada del heredero del conde

Ludovico (Teodoro) y el desposorio con Diana. Irónicamente, el engaño triunfa.

La trama de esta deliciosa comedia se establece, como vemos, a partir de tres ejes que se estructuran en forma de contrastes y oposiciones: prohibición, rechazo, aceptación. En el centro está Diana. Causa la progresiva erosión del orden; el gobierno y bienestar de su servidumbre [5]. Teodoro es el fiel siervo que ajusta sus ambiciones a los deseos de ésta. Es la víctima en el juego de ofrecer y negársele lo ofrecido. Las intrigas de muerte proceden del marqués Ricardo y del conde Federico (vv. 2475-6), jerárquicamente legitimados como pretendientes de Diana. Ven en Teodoro al rival fácil de anular. El siguiente esquema presenta la estructura básica de la comedia. El personaje A de cada grupo ejerce el protagonismo en las relaciones con el resto. Plano I:

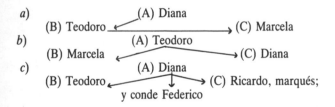

En cuanto a la acción secundaria, se estructura de acuerdo con el siguiente esquema. Plano II

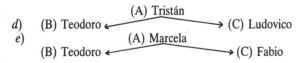

[5]   Roy O. Jones, «*El perro del hortelano* y la visión de Lope en Lope de Vega», en *Lope de Vega: teatro, II,* ed. Antonio Sánchez Romeralo, Madrid, Editorial Taurus (colección «El escritor y la Crítica), 1989, páginas 323-331.

Tenemos, pues, varios planos bien diferenciados. Impulsan los siguientes motivos escénicos: *a*) el posible amor entre nobles (Diana y sus pretendientes; conde, marqués; *b*) el amor real entre vasallos (Marcela, Teodoro; Tristán, Anarda), y *c*) el utópico e imposible entre un noble (condesa) y un vasallo (secretario). Al estar éste, social y políticamente marginado, se desarrolla de manera furtiva: entre la ansiedad de expresarlo y la necesidad de suprimirlo. Los tres planos señalados estructuran no sólo la acción de esta comedia; también la alternancia de escenas, la intriga amorosa, la relación entre los personajes y la tensión y armonía final.

En el plano I*c*) se sitúa el marqués Ricardo y el conde Federico. Ambos pretenden la mano de Diana y planean la muerte de Teodoro —rival fácil de eliminar—, y ambos ven frustrados sus deseos. Constituyen el plano I*b*) Teodoro y Marcela. Sus amores son honestos; conducen a un fin noble. Tienen su continuación en los de Anarda y Fabio. Si la tríada *b*)-*c*) representa la estabilización social (entre A-B y A-C) y la armonía entre las parejas, la tríada *a*) conlleva el desajuste y la ruptura jerárquica; la alteración de estamentos. La representa Diana —el personaje más activo y dinámico—, envidiosa, como ya indicamos, del amor de Teodoro hacia Marcela. Bajo la inicial prohibición, Diana se torna en parte activa del triángulo (*a*, *b*, *c*) amoroso. Es víctima y defensora a la vez —incapaz de reblarse— de la estructura patriarcal (el decoro social es reincidente) que preside.

La relación entre A-B en la primera tríada (I-*a*) es de atracción física y de servilismo estamental; en la segunda, entre A-C, de pura ambición social. La tercera (I*c*) expone la atracción sexual, si bien reprimida, debido a la diferencia de jerarquías. El amor entre A-B tan sólo lo salva la gran patraña que inventa Tristán. La estructura básica de la obra se ofrece, como vemos, a base de un sistema interrelacionado de motivos. Se agrupan éstos en tríadas. En cada una se presenta un tercer personaje que desestabiliza la armonía entre las parejas. La primera la constituye Marcela y Teodoro. Tal vaivén —encuentro, huida y re-encuentro— se establece en los tres planos; entre los personajes de cada uno y entre las mismas parejas. La presencia de Diana, joven condesa, atractiva, de ágil imaginación, perspicaz, impulsiva, emprendedora e inteligente, o su ausencia, implica la manifestación del deseo o su represión.

Su mismo nombre asocia todo un sistema de símbolos cósmicos, lumínicos y hasta sexuales. Y lo mismo Nápoles y las dependencias interiores del palacio. Asocian en el espectador intriga, amores furtivos, engaños, rivales celosos. Nápoles se constituyó en prototipo literario de ciudad renacentista, fácil al dinero y al amor. Tuvo su equivalente con la Sevilla de *Rinconete y Cortadillo* de Cervantes. En Nápoles se ubica parte de la acción de *El condenado por desconfiado* de Tirso, y fue espacio literario recurrente, tanto en la comedia de Lope como en los *novellieri* italianos (Boccaccio, Bandello); lo mismo Mantua, Verona, Ferrara, Venecia y Roma. Mantua y Ferrara, por ejemplo, se constituyen en puntos equidistantes en *El castigo sin venganza* [6]. Algunos de los nombres son familiares en el teatro de Lope. Federico, conde, es primo de la condesa (v. 1196). Un personaje con el mismo nombre, de igual estado, aparece años más tarde en *El castigo sin venganza*. Éste es primo de Aurora, a quien pretende en un principio como futura esposa. La intriga en EL PERRO DEL HORTELANO, como en *El castigo sin venganza,* se desarrolla en un palacio en donde hasta los tapices tienen una función (v. 1450) teatral: ocultar a escuchas o espías [7].

---

[6] Italia está presente, como espacio escénico, en un buen número de comedias de Lope cuyos argumentos están tomados, si bien con cambios y refundiciones, de *Le novelle* de Bandello. Así, por ejemplo, *El favor agradecido, El ejemplo de casadas, El piadoso veneciano, La quinta de Florencia, El genovés liberal,* etcétera. No sucede lo mismo con el *Decamerón* de Boccaccio, de acuerdo con lo afirmado por Víctor F. Dixon en «Lope de Vega no conocía el *Decamerón* de Boccaccio», en *El mundo del teatro español en su Siglo de Oro,* ed. J. M. Ruano de Haza, Ottawa, Doverhouse, 1989.

[7] Eugène Kohler señala algunas relaciones de un suceso narrado por Bandello *(Novella,* I, 46) y el desarrollado en *El perro del hortelano.* Véase Gail Bradbury, «Lope Plays of Bandello Origin», *Forum for Modern Languages Studies,* 16 (January, 1980), págs. 53-65.

Si el «decoro social» es, como motivo, el gran protagonista de la acción (así es), realza éste el aspecto político y social de esta comedia, reflejo de una realidad histórica vivida por el mismo Lope. La ideología que conforma la conducta de Diana expresa los sentimientos de la vieja nobleza y también el conservadurismo de Lope, defensor a ultranza del *status quo*. Tal sistema entra en aguda contradicción con el tema que genera el móvil de la acción: el deseo de Diana hacia su secretario. La solución es por hábil disparatada e inverosímil: la mentira y el engaño. Pero con un maravilloso corolario: el amor (naturaleza) triunfa y rompe (no importa a través de qué medio) todo tipo de frontera social. Allana, al menos literariamente y sobre las tablas, las diferencias de clases, ajuntándolas en utópica armonía. Lo que también obtiene Cervantes en sus novelas interpoladas de *El Quijote*, pero con radicales diferencias. Éste vilipendia las razones que motivan o fuerzan al engaño, anulándolo como opción final.

Diana es en este sentido un personaje complejo: se enfrenta con su destino de mujer y lo salva, pero tan sólo a partir del engaño. Es también víctima del mismo orden patriarcal que preside —contra el que no se revela—, y de alguna manera la anti-figura de Dorotea y Marcela de *Don Quijote*. Salvando su honor lo degrada (ironía) al aceptar un engaño que guarda como secreto, aunque público, para un buen número de cortesanos. El mismo Teodoro sabe que no es hijo de Ludovico; lo sabe Diana y Tristán; lo sospechan las damas y vasallos. Se ventila la nobleza del sentimiento frente al de la sangre. El deseo reprimido logra su objeto, en la España postridentina, a través de la ficción y de la mentira.

Otros personajes sirven de hábiles comodines. Marcela funciona a modo de figura estereotipada de la dama de comedia. El mismo papel desempeñan Anarda, Fabio y Otavio. Sirven de relleno de la acción secundaria; se hacen eco de las acciones de sus amos y a veces repiten, miméticamente, la acción principal. Enriquecen las estructuras escénicas y sociales que representan. Completan el microcosmos de un espacio simbólico y real: el palacio de la condesa de Belflor.

Por los años que Lope compone EL PERRO DEL HORTELANO (se establece como fecha probable 1613) [8] se intensifica su labor de secretario con el duque de Sessa. Choca el tono servil de sus cartas. A mediados de septiembre sale Lope para Lerma, acompañando la comitiva real. El poderoso duque de Lerma obsequió al rey Felipe III con unas magníficas fiestas en la noble villa burgalesa. Y desde aquí también le escribe Lope cartas a su señor. Le habla incluso de las magníficas horas gozadas con la reconocida actriz Jerónima de Burgos, esposa del actor Pedro de Valdés. «Lo he pasado muy bien con mi huéspeda Jerónima», apunta pícaramente. Le describe la villa de Lerma a su señor, su parque, río y las «buenas» mujeres que viven en la pequeña corte palaciega.

Contrasta el aire jovial de estas misivas con la propia realidad biográfica de Lope. Un mes antes se le muere de sobreparto su segunda esposa, doña Juana de Guardo; meses antes pierde a su hijo Carlos Félix, que iba camino de los ocho años, y el mismo Lope va de terciario franciscano (1611) y diácono a sacerdote (1614). Le indica al duque de Sessa andar «estudiando» las misas en el palacio del duque de Lerma [9]. Pero sorprende el servilismo de este secretario. Frente a tanto infortunio ve al mecenas como «el sagrado a que acogerme». Y esto para esa posible sombra autobiográfica entre el Teodoro secretario y el Lope, lacayo al servicio de nobles. Cualquier paralelo entre hombre histórico y personificación literaria es arma de doble filo, fruto con frecuencia (en el caso de Lope) de erradas consideraciones. Cuenta Lope, a la hora de escribir EL PERRO DEL HORTELANO, cincuenta y un años. Viudo por segunda vez, vive, sin embargo, rodeado de los cinco hijos tenidos con su vieja amiga comedianta Micaela de Luján (la *Camila Lucinda* de

---

[8] S. Griswold Morley, Courtney Bruerton, *Cronología de las comedias de Lope de Vega* (Madrid, Editorial Gredos, 1968), págs. 374-375.

[9] Lope de Vega, *Cartas*, ed. Nicolás Marín, Madrid, Editorial Castalia, 1985, págs. 113-120.

numerosos sonetos), y con la recién fallecida Juana. En la madrileña calle de Francos compró, hacia 1610, casa con pequeño huerto. Sobre el dintel de la puerta de la entrada, labrado en piedra, se lee el lema: *Parva propia magna; Magna aliena, parva*, es decir, lo pequeño, si propio, viene a ser grande; lo ajeno, por grande que sea, da en pequeño. Contrasta la serenidad del lema con la tribulación tanto personal como familiar del Lope actor de comedias. Como remedio a tanto trajín de amores lícitos e ilícitos, y al año de escribir Lope EL PERRO DEL HORTELANO, se hace sacerdote. Su ordenarse lleva doble fin: nueva vida y nuevo orden moral. Fija tal intención en celebrada «Epístola» que dirige a *Amarilis:* «Dejé las galas que seglar vestía; / ordenéme. Amarilis, que importaba / el ordenarme a la desorden mía». Todo esto al filo de la fecha de composición de EL PERRO DEL HORTELANO (1613), y del ambiente que refleja la comedia, tan ajeno a las circunstancias vitales del hombre que le da voz.

1. *El «sueño que me ha burlado» (v. 12):*
   de la histeria y el deseo

La «capa guarnecida de noche» que luce Teodoro al inicio del primer acto, viene a ser —como la capa que viste el duque de Ferrara en *El castigo sin venganza* (también en la primera escena del primer acto)— un múltiple emblema iconográfico, cultural, cósmico. No sólo asocia encubrimiento y engaño; intensifica a su vez el gentil donaire de quien la viste («capa guarnecida»), y su acción secreta y furtiva («galanteo» con Marcela). Asocia también una sala en penumbra y dos siluetas que apenas se entreven al entrar Teorodo y Tristán «huyendo». Importa ocultar ese otro que, bajo la «capa guarnecida», resulta ser nadie. Se inicia ya en esta primera escena un proceso de des-personalización. Ocultándose Teodoro de sí mismo dará en el «otro», que, al final de la comedia, pasa de secretario a esposo de una condesa. Se asume en el salto la nueva identidad, camuflada bajo el engaño (la otra «capa») de ser aquél el hijo desaparecido del noble anciano Ludovico. El engaño inicial —bulto bajo una

capa— da en premonición que se cumple al final. Tristán
será el personaje que, con gran habilidad, manipule la trama
de ambas escenas. Acompaña a su amo en la primera y logra
la aceptación de Teodoro por Diana en la última. El engaño
o burla inicial se dobla en el final, estructurando de este
modo ambas escenas: tanto su principio *(beginning)* como su
cierre *(closure)*.

Tal acción —los dos bultos que «vienen huyendo», y que
atraviesan la escena en penumbra— tiene su contrarréplica
en Diana. Medio adormilada, busca al «gentilhombre» (v. 5)
que ha salido de la sala. No tan sólo siente agraviado su
honor al andar, al filo de la medianoche (vv. 35-36), hombres en su palacio, sino que acusa a su servidumbre de per-
mitir tal agravio. La ansiosa «búsqueda» del hombre que
furtivamente atravesó la sala, y que ella percibe al borde del
sueño, revela el primer síntoma de un gran desorden sentimental. Pide Diana:

> ¡Ah gentilhombre, esperad!
> ¡Teneos, oíd!, ¿qué digo?
> ¿Esto se ha de usar conmigo?
> ¡Volved, mirad, escuchad!
> ¡Hola! ¿No hay aquí un criado?
> ¡Hola! ¿No hay un hombre aquí?
> Pues no es hombre lo que vi,
> ni sueño que me ha burlado.
> ¡Hola! ¿Todos duermen ya? (vv. 5-13).

Las exclamaciones, fórmulas interrogativas, pausas, miradas
apresuradas en la oscuridad, gritos (vv. 1010; 1142), caídas
simuladas, revelan la inhabilidad de percibir lo real, de no
poder distinguir entre lo que es y pudiera ser. La enuncia-
ción «pues no es hombre lo que vi, / ni sueño que me ha
burlado» es no menos paradójica, emblemática. Todo pese a
que, de acuerdo con Otavio, Diana tenga a su disposición
«mil señores» (v..69) dispuestos a casarse con ella.

Porque la función del sueño es también central en esta
primera apreciación del mundo sentimental de Diana. Noche, capa guarnecida, «hombres en mi casa» (v. 33), espacio

privado («casi en mi propio aposento», v. 33) dan en ejes estructurantes de la acción. El engaño inicial tiene su correspondencia con el final. Pero los objetos se cargan también de significado. Lo tienen en toda representación escénica. Diana pudo ver que quien huye de la sala de su palacio llevaba una capa «con oro» (v. 51); que un caballero tiró el sombrero a la lámpara y la «mató» (es decir, la apagó); y que las plumas del sombrero «como estopas ardieron» (v. 124). La analogía mítica se delimita con más claridad: la lámpara se dobla por extensión metonímica en Sol (Diana); el «sombrero» en quien lo viste (Teodoro), y las plumas en vanas pretensiones que se deshacen en fuego o se funden con el calor del deseo (vv. 129-131). De ahí la imagen mítica de Ícaro [10] asociada con Teodoro (v. 2394); la del Sol (Apolo) con la condesa (vv. 826, 1235-38; 2511-15). Porque el mito de Ícaro se asienta como substrato de la obra ya a partir de la primera escena; del mismo modo el mito de Diana, que asocia la lámpara como extensión de su poder, altiva, vigilante en su palacio [11]. Sus pretendientes vienen a ser, de acuerdo con Javier Herrero, a modo de signos del Zodíaco: el Sol (Diana) pasa por ellos, a todos los ilumina sucesivamente, pero en ninguno permanece. El sombrero bien podría funcionar como vana premonición de intentos frustrados. Las plumas que dan en ceniza implican, asociadas con el mito de Ícaro (v. 2394), el fin destructor de todo

---

[10] El mito de Ícaro se asocia también con el de Faetón. Configuran ambos un sistema de imágenes y motivos centrales en la comedia. Véanse, por ejemplo, vv. 812-24; 825-30. Es útil en este sentido la monografía de John H. Turner, *The Myth of Icarus in Spanish Renaissance Poetry* (Londres, Tamesis Books Limited, 1976), págs. 27-46; anteriormente, Joseph G. Fucilla, «Etapas en el desarrollo del mito de Ícaro en el Renacimiento y en el Siglo de Oro», *Hispanófila*, 8 (1960), 1-24.

[11] Diana es una de las divinidades mitológicas más complejas. Significa etimológicamente «la luz diurna». Hace pareja con su hermano Apolo (el Sol), alumbrando ambos alternativamente (día y noche). De ahí su simbólica fraternidad. Diana es también la diosa virgen, la diosa de los bosques y de la caza. Se la figura en este sentido acompañada de una cierva y un jabalí, bien cazando, bien descansando en el baño. Véase J. A. Pérez-Rioja, *Diccionario de símbolos y mitos* (Barcelona, Editorial Tecnos, 1984), págs. 164-165.

empeño. La condesa las figuró bellas. Asocia el recurrente motivo de la mariposa y la llama, traído múltiples veces a colación por Lope, tanto en su obra lírica como en su literatura dramática.

El mismo nombre («Diana») enriquece el campo semántico del nominativo «perro». Asocia el mito lunar (vv. 912, 1750-56) con el de la mujer virgen, pura, cazadora a la vez. Diana es en la mitología luz y sombra; maternidad y rechazo estéril; fruto de vida y fuerza devastadora: hielo (vv. 1615-1617). Es altiva (vv. 1258-60) y bizarra (v. 2388); diosa y astro; figura humana y función social. En la primera escena que, como indicamos, se abre a medianoche, aparece Diana ya como presencia vigilante. Ilumina la escena al querer indagar sobre la identidad de quienes entran huyendo. El nombre se constituyó en cabeza del género pastoril con la reconocida novela de *La Diana*, de Jorge de Montemayor (Valencia, 1559). El mito de Diana asocia, pues, un espacio cósmico (la noche), una presencia indagadora y unos amores furtivos que finalmente se descubren (Teodoro, Marcela) y que originan también el nacer de la acción: envidias y celos. Pero también asocia Diana otra facultad: la de la caza. Se da en forma de azor en busca de su presa sexual (vv. 949-50). La búsqueda del objeto imposible (la «baja presa») ya tenía su referencia en el mito de Ícaro y Faetonte. Diana es también «Aurora» (v. 871), «pálida manzana» y «rigurosa estrella» (vv. 877; 1018). Viendo abrazados a Teodoro y a Marcela, encierra a ésta en un aposento, transformando el objeto deseado (Teodoro) en prohibido. De ahí la serie de imágenes que asocian clausura: «cárcel», «puerta», «sala», «patio», «cámara», «aposento», «cuadra» (vv. 157-58, 1005-1013, 1020).

Rompe Diana la figuración del personaje arquetípico femenino de la comedia: sumisa, obediente, víctima. Aunque sí es víctima del sistema que preside (patriarcal), posee la habilidad de subvertirlo a través del engaño, logrando de este modo su caza. Es inteligente al encubrir sus motivos y no menos astuta a la hora de desvelarlos. Goza de la palabra que amorosamente, en boca de Marcela, Teodoro le dirige a ésta. Le pregunta:

> ¿Qué le has dicho, por mi vida?
> ¿Cómo, Teodoro, requiebran
> los hombres a las mujeres? (vv. 1049-51).

Y versos seguidos de nuevo pide: «¿con qué palabras?» (v. 1055). Es víctima, en este sentido, de la dualidad de sus acciones; entre el querer, el desear y el lograr. Le atormenta el pensamiento; pero a su vez éste le abre situaciones posibles. Goza de la palabra ajena y se revela bajo la máscara de «aquella amiga mía», «que ha días que no sosiega / de amores de un hombre humilde» (vv. 1083-85). Si Teodoro la desea «ofende su autoridad», y si éste atiende a Marcela, Diana «pierde el juicio de celos» (v. 1089).

En los versos siguientes se entreve ya la solución: «haga que con un engaño, / sin que la conozca, pueda gozarle» (vv. 1125-27). El término «gozarle», es decir, el que ella pueda «gozarle» sin que Teodoro sepa a quién goza, es clave. Asocia ansiedad y desvelo sexual. Tienen expresión en gritos histéricos. Sucede al simular una caída (*topos* en la comedia), al gritar por Dorotea o pedir la «mano» de Teodoro (v. 1144). Extenso es el simbolismo de la caída —clave por ejemplo en *Peribáñez y el comendador de Ocaña* (vv. 267-91); también en *El castigo sin venganza* (vv. 384-385), y no menos el de pedir la mano. Se acompaña con el ceremonioso ritual del besamanos en calidad de sumisión y pleitesía.

Al ofrecerle en una ocasión Teodoro la mano a Diana, oculta bajo la capa, ésta exclama: «¡Qué graciosa grosería!» (v. 1147). La posible sustitución de «mano bajo capa» por mano al aire libre funciona no menos como signo de represión. Es a la vez símbolo de secreta unión conyugal. Tal mano oculta simbólicamente el engaño social (la capa), que revierte en el matrimonio entre jerarquías dispares (condesa, secretario). Pero la mano oculta es también símbolo de lo deseado —caricia sexual— pero prohibido. Teodoro avanza

así, inconscientemente, la solución final del conflicto, que
tiene los aires de opereta con farsa y triunfo. La exclamación
de Diana relaciona metonímicamente el deseo con su objeto.
Fonéticamente se alternan en forma rítmica los grupos con-
sonánticos y vocálicos («gra/gro; cio/ría; sa/se»). Pero el oximoron apunta a la agradable atracción que ofrece la mano
como substitución. El velo lingüístico asocia del mismo
modo el des/velo sexual. Otros deslices lingüísticos, asocia-
dos con la semántica del engaño, desvelan en Diana inhibiciones y deseos: «mar» frente a «barco», por ejemplo. Ella
es mar; él, «humilde barco» (v. 2129). Las prendas sexuales
femeninas (apertura, fluidez, incitación) se contrastan con la
imagen fálica del «barco». Y se revierten en términos políti-
cos y sociales, de acuerdo con los últimos versos del soneto
que empieza «¿Qué me quieres, amor?», al concluir: «En
gran peligro, amor, el alma embarco, / mas si tanto el honor
tira la cuerda, / por Dios, que temo que se rompa el arco»
(vv. 2131-33).

Ante Diana llega parte de la servidumbre —aquéllos que
estaban en vela— para inquirir sobre los dos hombres que
huían en la penumbra. La declaración de Anarda está también llena de finas insinuaciones sexuales: «De noche se altera el mar, / y se enfurecen las olas» (vv. 159-160). Diana
adopta el papel de inquisitivo juez: «¿quién esta calle pasea?», recordando tal fórmula viejos romances de Lope
(«Mira, Zaide, que te digo / que no pases por mi calle», en
contrarréplica al que se inicia con «Gallardo pasea Zaide /
puerta y calle de su dama»)[12]. Anarda, dama, revela las
relaciones amorosas entre Marcela —también Diana— y el
secretario. La interrogación esclarece una verdad —el amor
de Marcela y Teodoro—, pero a la vez despierta en la condesa la realidad del sueño inicial: el deseo por el hombre
que su dama disfruta. Al saber que furtivamente se han vi-
sitado, pero al oír, sobre todo, el amoroso vocabulario del
requiebro, el fetechismo hacia la reliquia amorosa («cabe-

---

[12] Véase Lope de Vega, *Poesía selecta,* ed. Antonio Carreño, Madrid,
Editorial Cátedra, 1984, págs. 127-137.

llos»), y el «verle hablar más de cerca / en estilo dulce y tierno / razones enamoradas», azuzan en Diana celos, envidias y una contenida ansia sexual. Se hace patente en la dulce morosidad con que le describe Anarda (*topos* del enamorarse de oídas) el amoroso arrullo de los dos amantes, y en el atento escuchar de Diana.

El «amar» y el «desear» («vino a amar y a desear», v. 578), al igual que el término picaresco del «comer» (goce sexual), se establecen, pues, miméticamente. Provocan tales acciones la confesión que le hace Marcela a Diana, y la previa de Anarda. Sola, ante ella misma, revela la condesa sus ansias en un significativo soneto donde expresa cómo su amor nace de ver amar: «Amar por ver amar, envidia ha sido, / y primero que amar estar celosa / es invención de amor maravillosa / y que por imposible se ha tenido» (vv. 551-54). La mueven celos; el saberse más hermosa; el sentir envidia al no ser amada y un furioso deseo de ser centro de atención. Expresa en cierta ocasión cómo «mil salteadores deseos, / que le han desnudado el alma / del honesto pensamiento / con que pensaba vivir» (vv. 590-93). Tal manifestación se expresa de forma paradójica: «darme quiero a entender sin decir nada» (v. 563). De la envidia por ver amar, comenta en otro soneto, se alimenta su ferviente deseo. La represión y la manifestación a la vez dan en retórica oblicua: de la alusión a la elisión que le impone el decoro social. En cierta ocasión presenta Diana su caso en nombre de «otra»; se ofrece como medianera (mimesis represiva) de los amores entre Marcela y Teodoro, y llega a declarar «lo que no merezco no lo entiendo, / por no dar a entender lo que merezco». Lo que lleva a Diana al borde de situaciones histéricas. Se fijan en el exacerbado deseo de hacerse centro de atención; en la conciencia de sentirse atractiva sexualmente, provocando interés y en el zanjarlo al instante con un muro de frigidez y radical rechazo. La histeria funcionaría como mecanismo de defensa, de autoprotección para aquellas que se ven a sí mismas privadas de lo que ardientemente desean. Pero también se representa como caricatura de lo que es la feminidad. De ahí que de acuerdo con los rasgos de la personalidad histérica, analizados en detalle por Seymour L. Halleck, el control de la situación se obtiene a través de la sexualidad (unión de Diana con Teodoro), del histrionismo (Tristán) y del acto deshonesto (el engaño, la mentira). Todo síntoma (o signo) teatral está lleno, como vemos, de múltiples significados.

El segundo acto se sucede en plena luz, en la mañana del otro día. La intriga da paso a la rivalidad entre los pretendientes por la apetecible mano de la condesa. Se reafirma la presencia mítica de la «bellísima» Diana (v. 1231); sus ojos son como dos soles (v. 1229). Por otra parte, los dos galanes semejan el empuje incontrolado, animal, de dos «toros» (Júpiter) en porfía por el Sol (Diana). La rivalidad humana adquiere proporciones literarias, cósmicas, y una nueva dimensión mítica. Los ecos de las *Soledades* de Góngora se perciben en un buen número de versos: «¿... cuándo dora el blanco toro / que pace campos de grana?», con la aclaración en paréntesis: «(Que así llamaba un poeta / los primeso arreboles)» (vv. 1227-28); también «las congeladas lágrimas que llora / el cielo» (vv. 726-27) y «en campañas de sal pies de madera» (vv. 733-34).

La prohibición surge al enamorarse Diana de un hombre «que puede infamar mi honor» (v. 1627). Tal infamia se desprende también —como el duque de Ferrara en *El castigo sin venganza*— por la ausencia de un sucesor; de que la unión con Teodoro, dado su origen bastardo, amenace la pureza de la jerarquía y la estabilidad del condado. Tal paradoja (el derecho de estado frente al decoro social) adelanta la desarrollada en *El castigo sin venganza;* aunque las diferencias entre ambas obras son, como podemos suponer, no menos significativas. Lo expresa la condesa en cierta ocasión: «yo quiero / no querer» (v. 1636-37). Y refiriéndose a la pareja de nobles que la pretenden, indica: «No los quiero, porque quiero, / y quiero porque no espero / remedio» (v. 1613-14), al aire de la fraseología de los *Cancioneros del Siglo XV*. La canción que llega desde un interior refleja tal perplejidad: «¡Oh quién pudiera hacer, oh quién hiciese / que en no queriendo amar aborreciera!» (vv. 1644-45). El clímax de atracción y rechazo entre Teodoro y Diana se cumple casi en el centro de la comedia.

Vehementes son los celos de Diana al notar en Teodoro una segunda inclinación hacia Marcela. Desgarra su rostro con un terrible bofetón que compensa, y a cambio del pañuelo ensangrentado, con dos mil escudos. El querer/despreciar se intensifica con el «adorar» y con el «aborrecer» (v. 2290-91). Persiste el oximoron en la fórmula «dulce castigarme». Se confirma la imagen del perro referida a la condesa, quien «después que muerde halaga» (v. 2356), pasando del gozar al sádico hacer doler (una forma de placer) con inusitada frecuencia. Marcela es el objeto directo de los celos de Diana; Teodoro, de las venganzas. Delibera ésta sobre el furor de la condesa al prohibirle que se case con Teodoro, destinándola a Fabio. El soneto «¿Qué intentan imposibles mis sentidos, / contra tanto poder determinados?» (vv. 2716-17) convoca dos lugares comunes: 1) la fuerza hiriente de los celos —también en Diana y Teodoro— y 2) la clásica imagen (*carpe diem*) de la hermosura de las flores, «que se perdieron esperando el fruto» (v. 2729). En este sentido, El perro del hortelano está empedrado de consagrados tópicos que asocian imágenes, motivos, referencias clásicas, refranes, canción tradicional, folclore, emblemática y hasta, como ya señalamos, farmacopea y medicina casera, chuscamente relatada.

Diana rompe con el recato al sobreponer su estado sobre su jerarquía. Se adelanta a Teodoro; tiene la iniciativa y hasta se propone a sí misma en matrimonio: «porque agora serás mío / y esta noche he de casarme / contigo» (v. 3175-3177). La pusilanimidad de Teodoro contrasta con la firmeza de Diana. Rompe el estándar jerárquico patriarcal no en cuanto que asegura la norma, sino en cuanto que señala una utópica desviación que no se cumple. De ahí no menos su aspecto cómico, irrisorio y hasta jovial. Se idealiza una forma de conducta. Se retrata sobre las tablas una posibilidad ficticia de ser, que prohíbe el canon sociológico de dignidad femenina y de conducta social; «yo tengo mi honor por más tesoro», expresa Diana (v. 330). Las fórmulas paradójicas en

boca de Diana, a modo de oximoron, la diferencian radicalmente de otras figuras femeninas. Es la antítesis de Lauren-
cia en *Fuente ovejuna* y no menos de Casandra en *El castigo
sin venganza*. Burla con el engaño el código del «decoro
social» y es a la vez su víctima moral al tener que recurrir a
las mañas de Tristán [13]. Se torna en cómplice de una mentira
política preservando así la otra verdad que guarda con gran
secreto.

2. La «*mudanza deste danzante*» (v. 1498): Teodoro

El mito de Ícaro configura la ambición ciega de Teodoro
hacia Diana; también el espacio jerárquico, casi abismal, que
separa a ambos, y el inútil intento de fundirlos. Se le asocia,
como ya indicamos, el emblema de la mariposa y la llama,
al igual que la figura emblemática del águila (v. 1362) descrita, en sus peculiaridades simbólicas, en el *Bestiario* medieval. Teodoro es el personaje más etéreo; su volar es con
plumas de cera. De «danzante» lo califica Tristán, indicando
cómo «a las mujeres imita» (v. 1490). En el reparto de
Aminda celosa, que Morley y Bruerton (*Cronología*, pági-
na 422) incluyen entre las «comedias de dudosa e incierta
autenticidad», aparece también un Teodoro secretario. Éste
no es protagonista del amor entre desiguales; es el prometi-
do de Florela, dama de la reina. Pero el otro Teodoro eje-
cuta un doble juego con Marcela, pues si en un momento la
desdeña por aspirar a la mano de Diana, una vez rechazado
por ésta, muda de actitud y se le presenta como fervoroso
amante. Justifica su ruptura con Marcela por «guardar el
decoro / a la casa que me ha dado / el ser que tengo»
(vv. 1483-84). Es el servil peón que baila al ritmo de los
deseos de Diana. Las acciones se suceden en forma alternan-
te. Por ejemplo, en un momento Marcela repite la acción de
Diana: trunca las relaciones entre Fabio y Anarda por la

―――――――
    [13] Bruce W. Wardropper, «La ilusión irónica: "El perro del hortela-
no" de Lope de Vega», en *Lope de Vega: teatro II*, págs. 333-345. Del
mismo, *La comedia española del Siglo de Oro*, en Elder Olson, *Teoría de
la comedia* (Barcelona, Editorial Ariel, 1978), págs. 181-242.

envidia que le tiene a ésta; aunque oblicuamente se venga de la condesa. Lo que revela un mimetismo elemental de acciones recurrentes y en cadena: Diana pretende a Teodoro, aleja a Marcela; ésta pretende a Fabio (aunque por causar celos a Teodoro) y aleja éste a Anarda (v. 1576).

Al igual que Casandra se desvive en *El castigo sin venganza* entre el amor hacia Federico y su obligación conyugal con el duque de Ferrara, la misma dualidad caracteriza a Diana, tanto en su relación con los personajes (Teodoro, conde Federico, marqués Rodrigo) como en la función jerárquica (vasallo, noble) que representan. Pero del mismo modo actúa Teodoro, a medio camino entre un amor aceptado, sin compromisos (Marcela) y el otro (imposible), lleno de retos y enfrentamientos (Diana). Como en *El castigo sin venganza,* el lecho conyugal prohibido sublima inhibiciones y la satisfacción del deseo. Se logra rompiendo el tabú social estatuido. Pero la muerte diferencia radicalmente el final trágico de *El castigo* frente a la unión conyugal en EL PERRO DEL HORTELANO. No menos indicativo son los numerosos sonetos presentes en esta comedia. Aclaraba Lope su función en *El arte nuevo de hacer comedias:* «el soneto está bien en los que aguardan» (v. 308), definiendo así la situación tensa, de espera, en los personajes centrales. Crea interés dramático en aquellas coyunturas claves en donde la opción de escoger se propone como posibilidad y como duda. La realza el soliloquio del personaje, solo en escena, en un grave momento de reflexión. Su abundancia —nueve sonetos— es excepcional. Y lo es la décima, buena al decir de Lope en *El arte nuevo de hacer comedias,* «para quejas», sin olvidar «las ironías y dubitaciones, / apóstrofes y también exclamaciones» (vv. 3134-35).

La enfermedad de melancolía era uno de los síntomas tópicos del enamorado, y es referente común en la comedia del siglo XVII. Crea ansiedad, angustia y hasta desequilibrio emotivo [14]. Tiene una rica y extensa tradición, tanto en los

---

[14]   Agustín Albarracín Taulón, *La medicina en el teatro de Lope de Vega* (Madrid, Consejo Superior de Investigaciones Científicas, 1954).

tratados de medicina como en los comentarios filosóficos (Hipócrates, Galeno, Aristóteles, Avicena, Averroes, Huarte de San Juan). Se hizo clásico, por ejemplo, el libro *The Anatomy of Melancholy* (1621) de Robert Burton, que vino a ser la gran enciclopedia del tema [15]. Caracteriza al amante irresoluto, escindido con frecuencia entre opciones o sentimientos dispares: amor manifiesto frente al no correspondido; deseo frente a desdén; esperanza frente a total desilusión; sueño frente a realidad. Se extrema en polos antitéticos: «del "querer" al "despreciar". Está visto como enfermedad» (v. 2581). De ahí que oximoron, paradojas y antítesis configuren retóricamente la fisonomía del melancólico: «¿... si cuando ve que me enfrío / se abrasa de vivo fuego, / y cuando ve que me abraso, / se hiela de puro hielo?» (vv. 2188-90). Figura de nuevo Teodoro a modo de danzante. Muda su ritmo al compás de los caprichos (fases) de Diana. La relación astronómica (luna, satélite) casa tal configuración. Lo mismo que el mandato ya aludido: «pues coma o deje de comer» (v. 2200) frente a la Diana que «se abrasa, se hiela, me desprecia», explica Teodoro.

La solución del conflicto llega por parte de Teodoro al indicar «que si Diana algún camino hallara / de disculpa, conmigo se casara» (vv. 2539-40). Ya quedó entrevisto al principio del primer acto; es decir, ante la posibilidad de que «Teodoro fuera más, para igualarme, / o yo, para igualarle, fuera menos» (vv. 337-38). El remedio lo inventa la ingenuidad de Tristán al crearle a Teodoro «un generoso padre que le hiciese igual a la condesa». Más radical es el cambio de Teodoro en el tercer acto. Temiendo el engaño y su propia honra decide poner tierra por medio en su *affair* con Diana: viajar a España. Pero de nuevo se siente escindido, en las próximas escenas, entre el «partirse y el volver», verbos típicos en la fraseología del amor imposible, heroico, presen-

[15]   Sobre la melancolía en concreto, véase la monografía de Teresa Scott Soufas, *Melancholy in the Secular Mind in Spanish Golden Age Literature* (Columbia and Londom University of Missouri Press, 1990), págs. 64-99.

te, por ejemplo, en *El caballero de Olmedo*. Así en EL PE-
RRO DEL HORTELANO:

> Señora, vuelvo por mí,
> que no estoy en otra parte,
>   y como me he de llevar,
> vengo para que me des
> a mí mismo (vv. 2634-38).

Asocia esta serie de paradojas («vuelvo», «he de llevar»,
«vengo») el conocido soneto de Lope, incluido en sus *Rimas*
(1609), «Ir y quedarse y con quedar partirse», que fija en
serie de antítesis la dualidad del amante escindido de sí mismo. Es también la palabra hablada (Diana se ofrece como
curiosa mediadora), oída o escrita por Teodoro —secretario— el instrumento incitador. A Teodoro le caracteriza,
pues, la incertidumbre, la indecisión. Se mueve entre el deseo de encumbrarse socialmente y la humillación continua al
verse rechazado. No sólo Diana ha venido a ser «el perro
del hortelano» (vv. 3070-71), sino que el mismo Teodoro se
mueve a su compás, a medio camino, según afirma Marcela
(v. 2999) entre atrevido —ser conde— y cobarde.

3. *La semántica del engaño: Tristán*

Del mismo modo que Diana origina la intriga central,
Tristán logra el feliz desenlace. Es figura del leal y fiel lacayo, inteligente, astuto, emprendedor. Aconseja a Teodoro
a cómo vencer, por ejemplo, el agravio causado por Diana
en la primera escena (vv. 383-86); cómo se debe olvidar de
Marcela pensando, por ejemplo, en sus «defectos» (v. 440)
e imaginando graciosamente, *vía exempla,* las partes de las
«mujeres feas, panzudas». Es figura del lacayo interesado,
doble, oportunista, servil. En la futura unión de Diana y
Teodoro ve su propio crecimiento y provecho. Pero funciona

también a modo de *comic relief*. Produce la carcajada con chistosas asociaciones, hiperbólicas y arbitrarias: imita en griego mal pronunciado el hablar de presuntos mercaderes armenios; o sale con ingeniosas ocurrencias en macarrónico latín. Interrogado por Diana, asume cierta cándida agudeza pero en forma caricaturesca: «... pero ya me acuerdo: / anoche andaban en casa / unos murciélagos negros: / el sombrero los tiraba» (vv. 667-69). El murciélago es símbolo del ánimo vigilante y se carga de obscuras asociaciones psicológicas.

Los objetos adquieren, como ya vimos, funciones denotativas y simbólicas. La capa oculta a los personajes que cruzaron la primera escena (de ahí la denominación de comedia de «capa y espada» en referencia al atuendo). La lámpara premoniza, como vimos, el mito de Ícaro; el sombrero que cae sobre ésta, el deseo frustrado; las plumas que se convierten en ceniza, en vanas pretensiones; la mano que se da oculta bajo la capa, en deseo y prohibición. Pero también adquieren significado las «misivas amorosas» —emisor, receptor—, y la misma materialidad de la voz confidencial; papel, pluma, rasgo caligráfico, voz que dicta frente a secretario que escribe. Radical fue la carta que recibe el duque de Ferrara en el acto III de *El castigo sin venganza*. No menos significativo es el papel que Marcela envía a Teodoro nombrándolo «marido». Teodoro lo rasga sin leerlo. Tal acto da, en el desarrollo posterior del conflicto amoroso, en cumplida profecía. Teodoro indica el cambio: «Ya soy otro» (v. 1373). Rasgando el papel, cercenó metafóricamente «mi amor con él» (v. 1463). El pensamiento se convierte a su vez en objeto mental: en reflexión, resolución, indecisión y hasta en fantasía incontrolada.

De ahí que la semántica del decoro y del engaño estén íntimamente entrelazadas. Abren la primera escena y concluyen la final. La misma función tiene el ocultar la identidad de quien se es al inicio y al final. Origina la conducta ambivalente de Diana, quien pretende la atención de Teodoro y a su vez lo desdeña; le muerden los celos y envidia hacia Marcela; da libertad a la inhibición de sus deseos, y a la vez los reprime por culpa del «decoro social». Tal paroxismo se muestra en la terrible bofetada que propina a Teorodo, destrozándole parte de la cara. La limpia, como ya hemos observado, con un pañuelo que Diana le compra, ensangrentado, a modo de entrañable y no menos morbosa reliquia. El artificio social (cultura) rige los instintos primarios (naturaleza) de Diana. El decoro viene a ser así esa fachada invertida, que se endereza o se tuerce desde el adentro o el afuera en que se proyectan las acciones de los personajes. No importa lo que íntimamente se sabe, sino lo que ignora la sociedad en que se convive. Los mitos de Pasifé, Semíramis (vv. 1628-30), Ulises (vv. 1701-1704), Héctor (v. 2460) ayudan a configurar la semántica del engaño.

Pero el engaño también se desprende de la misma atribución mítica con que se asocia el nombre de Diana. Teodoro la asocia con la Luna (v. 1754). Como las fases de ésta, Diana tiene la habilidad de ocultarse a sí misma; de irradiar deseo hacia Teodoro, y de frustrar con la negación de su sombra los vanos intentos del secretario. Es en boca de Marcela un «vendaval» (v. 1840); un ambicioso atractivo para Teodoro que le hace enloquecer. Marcela expresa: «Unos pensamientos de oro / te hicieron enloquecer» (vv. 1831-33). Pero es Tristán el gran manipulador del engaño. Asume variedad de oficios (mercader griego, boticario, latinista, viajero turco, criado); de códigos lingüísticos y hasta de funciones: medianero entre los nobles interesados en eliminar a Teodoro. Le inventa, como ya indicamos, un hijo al conde Ludovico (Teodoro). Pero es también Tristán figura del criado sabio, lleno de sutiles sentencias.

Las tercerías de Tristán (*footman*), en un principio mediador entre Teodoro y Marcela, logran en una ocasión la armonía entre ambos. Al borde de pedirle que renuncie a la condesa, ésta irrumpe en escena (v. 1995). Escondida tras unos tapices, había seguido las medianías con Teodoro. El dictado de una carta (v. 1998), que Teodoro sumisamente transcribe, asume el respeto a la autoridad de la palabra, y a quien la dicta. Despoja a Teodoro de toda iniciativa desconfiando Diana «de los puntos» de su pluma (v. 806). La confina a ser mero instrumento. Las varias cartas que se

dictan, y que develan entre líneas los deseos de Diana, son
motivo recurrente en la comedia. Pero es no menos significativo que Teodoro escriba una misiva con la rodilla en tierra (v. 2017) y que la condesa le dicte sentada en «silla alta».
Tales signos, de posición física y espacial («de rodillas» frente a «sentada»; suelo frente a silla) configuran de nuevo la
iconografía de ser y de estar es escena; del símbolo mítico
de Ícaro al de Diana como figura de la dama (*sans merci*)
instituida por la lírica provenzal: ordena, impone, desea; reprime el propio deseo, sorprendida de que «y que yo no
tenga partes / para que también me quiera» (vv. 2004-2005).

Tristán es también figura del gran farsante. Hace pareja
con Fabio («terciario»), movido por el interés. Es pagado
éste con «mil escudos y un caballo» (v. 2081). Le califica
Diana de «alcahuete lacayo» (v. 1898), y dobla la función
creativa del autor inventando (*Play within Play*) su propia
representación. Le confiere gran poder creativo, si bien en
línea distinta al ejercido por Teodoro sobre Marcela —en un
vaivén de rechazo y aceptación (discurso suasorio)—; o por
Diana al dictarle a su secretario misivas que, aparentemente,
dirige a «otro», y que Teodoro percibe ser él mismo. Vestido Tristán de armenio, mercader en ricas telas, se presenta
ante el viejo Ludovico, y ante él hila la historia del niño,
raptado y vendido. Tal farsa se viste de humor e ironía. Se
manifiesta en la asociación estrambótica del nombre del padre —Catiborratos—, mercader griego que compró al pequeño Teodoro a unos turcos (v. 2816). Las imaginadas relaciones de éste, ya mozo, con la otra hija de su padre (obvia
asociación con los amantes de la novela morisca *El Abence-
rraje)*; el nacimiento del hijo de ambos; el abandono de Teodoro de su primera casa de adopción, y la llegada a Nápoles
al servicio de la condesa, crean el diseño (otro engaño) de
la nueva adopción:

> vine a verte, y a que tengas,
> si es verdad que éste es tu hijo,
> con tu nieto alguna cuenta,
> o permitas que mi hermana

> con él a Nápoles venga,
> no para tratar casarse,
> aunque le sobra nobleza,
> mas porque Terimaconio
> tan ilustre abuelo vea (vv. 2863-71).

Confirma la historia, indica Tristán, «con la que digo» (v. 2862); y esto pese a que Teodoro ha servido en la casa de Diana toda su vida; que tenga parentesco con Marcela (v. 316), si bien se desconoce su origen. Tristán representa así, ante los espectadores (conde Ludovico) la vida imaginada de Teodoro. El viejo conde se torna en espectador y también en actor de la propia farsa, siendo a su vez Tristán autor y personaje (actor) del cuadro representado. Su desarrollo como personaje es no menos relevante: de sirviente de un secretario a alcahuete a sueldo, a mercader y finalmente a esposo de una dama de palacio. Dobla en este sentido al mismo autor de la comedia (Lope), quien se vería narcisísticamente en él retratado.

El engaño es, pues, múltiple: se extiende al espectador, personificado en Furio; a los pretendientes nobles de Diana, que lo aceptan a regañadientes. Tanto la condesa como Teodoro conocen los detalles del engaño. Expresa éste al viejo Ludovico: «Señor, yo estoy sin alma, de turbado» (v. 3107), explicándole a Diana cómo Tristán, sabiendo que Ludovico perdió un hijo, levantó la quimera de ser éste Teodoro (vv. 3285-87). De ahí que decida irse a España «pues si se sabe este engaño, / no hay que esperar menos daño / que cortarme la cabeza» (vv. 3257-59). Es aquí donde se muestra la nobleza de Teodoro desconcertado ante la gran patraña de Tristán. La muerte del fabulador es consecuentemente una opción que contempla Diana. Pero las mañas de Tristán son incontables: juega a doble carta con los nobles; engaña a la corte de Nápoles; aprovecha y explota la intención del conde y del marqués en liquidar a Teodoro, y finalmente consigue, con su matrimonio con Dorotea, el orden y la armonía. La pareja se completa con el matrimonio de Fabio y Marcela, que coronan el de Diana y su secretario (ya conde). El embuste, el engaño y el enredo otorgan la feliz solución de la comedia en la tríada de los desposorios. Mueve el múltiple actuar de todos los personajes centrales.

4. *Las trampas de la «anagnórisis»: Ludovico*

Al borde de su vejez contempla Ludovico la falta de heredero que le suceda —otro motivo recurrente— y la asocia con el consagrado emblema del olmo y la hiedra (v. 2742), que cruza desde la lírica de Garcilaso a la burlesca de Góngora. Ludovico añora, nostálgico, la pérdida de su hijo, raptado de niño por unos turcos: «veinte años ha que le lloro» (v. 2752). Es el personaje más convencional y el menos convincente; parte del cuadro en el cuadro. Cede al nuevo hijo casa y hacienda (v. 3118); le pide venga a ver sus puertas coronadas «de las armas más nobles deste reino». Y convencional es, en el mismo sentido, el ritual del besamanos (signo de vasallaje y de nueva alcurnia) de que es objeto el nuevo noble. Cunden las insinuaciones sexuales en torno a Teodoro y Diana. Sus pies se caricaturizan como simulacro del nuevo honor: «Agora esos pies adoro», exclama Teodoro (v. 3149). Diana se niega, en boca de Dorotea, a ser «el perro del hortelano» (v. 3155-56), deseando Dorotea el que «reviente de comer». Se han alterado los papeles y la lógica de la pasión amorosa. Lo explica acertadamente Teodoro: «porque es costumbre de amor / querer que sea inferior / lo amado» (vv. 3172-73). Ludovico es, a la par con los otros dos nobles —Federico y Ricardo—, el gran burlado. Tristán fue, indirectamente, el instrumento de las mañas de la condesa. Pero termina ésta burlando a todos; no menos a sí misma.

El reconocimiento de una señal (cicatriz, lunar, marca de nacimiento) en el cuerpo del héroe servía en la tragedia griega de medio de identificación. Alteraba a partir de tal momento el desarrollo de la acción. Sucede aquí un cambio parecido, pero no menos diferente: desde la ignorancia (el no saber Ludovico que Teodoro es su hijo) al conocimiento. Conlleva, en el desarrollo de la acción, dicha o infortunio.

Sobre la tipología de tal agnición (en griego *anagnórisis*), y sobre sus varias especies, se extiende ampliamente Aristóteles en su *Poética* (54b 19-55a 22). Clasifica las varias agniciones fabricadas por el poeta, indicando cómo la mejor es aquella que resulta de los hechos mismos. Produce la sorpresa por circunstancias verosímiles. Le sigue la peripecia; es decir, el cambio radical de acción. Los ejemplos clásicos son bien conocidos: *Edipo*, de Sófocles, uno de ellos.

Si bien aplica Aristóteles los términos a la tragedia, ambos (*anagnórisis*, peripecia) se invierten paródicamente en el final de EL PERRO DEL HORTELANO. No porque el cambio no sea necesario (casamiento ya posible), sino porque carece de toda verosimilitud el final feliz. Es difícil en este sentido poder probar la postura «contestataria» de Lope frente a las estructuras sociales estamentarias, fijas, de la sociedad española del siglo XVII; más aún, el probar que la comedia es una feroz diatriba de tal orden. No se admira aquí el devenir del nuevo estado (parejas felices, hijo recobrado), sino la habilidad de crear sobre las tablas serie de situaciones imaginarias, divertidas: el adjudicar falsamente a un anciano, por ejemplo, un hijo que nunca tuvo. Era algo que Cervantes le criticó duramente a Lope en *El Quijote* (I, 48): esa manía en mitificar no tan sólo la realidad (así en EL PERRO DEL HORTELANO) sino hasta la misma historia. Tal es la subversión del mundo patriarcal que Diana pretende alterar a través de múltiples situaciones irrisorias, pero que termina en fraude y en afirmación del propio estado. Pero tal era también el fin de la comedia, de acuerdo con Alonso López Pinciano [16]: enseñar con sus risas, decepciones y prudencias el bien gobernarse del «hombre en su familia», pero no al margen de la ideología de castas sino triunfalmente arraigada en su mismo centro.

---

[16] Alonso López Pinciano, *Philosofía antigua poética,* edición A. Carballo Picazo, Madrid, Consejo Superior de Investigaciones Científicas, 1953, III, págs. 16-17. Para Notrhop Frye la comedia no está designada para condenar el mal, más bien para ridiculizar la falta de autoconocimiento de uno mismo. Véase «The Argument of Comedy», en *English Institute Essays,* ed. A. Robertson Jr., Nueva York, Columbia University Press, 1949, págs. 58-73.

BIBLIOGRAFÍA SELECTA

1. PRINCIPALES EDICIONES DE «EL PERRO
   DEL HORTELANO»

Onzena parte de las comedias de Lope de Vega Carpio, Madrid, Viuda de Alonso Martín, 1618 (Biblioteca Nacional de Madrid, R-13862).

Doze comedias de Lope de Vega Carpio,... Onzena Parte, Barcelona, Sebastián de Cormellas, 1618.

Colección de Piezas escogidas de Lope de Vega, Calderón de la Barca... Sacadas del Tesoro del teatro español, formado por don Eugenio de Ochoa, II, París, 1840.

Comedias escogidas de Frey Lope Félix Vega Carpio, ed. J. E. Hartzenbusch, BAE., 24, Madrid, 1853.

LOPE DE VEGA: *Obras escogidas,* ed. Zerolo, III, París, 1886.

Obras de Lope de Vega. Nueva edición, ed. E. Cotarelo, Real Academia Española, Madrid, 1930, vol. XIII.

Comedia del Perro del Hortelano, ed. Eugène Kohler, París, 1934; París, Les Belles Lettres, 1951.

LOPE DE VEGA, *Obras escogidas,* ed. Sainz de Robles, I, Madrid, 1946.

Teatro español del Siglo de Oro, Ed. Bruce Wardropper, Nueva York, 1970.

El perro del hortelano. El castigo sin venganza, ed. A. David Kossoff, Madrid, Editorial Castalia, 1970.

El perro del hortelano, ed. Víctor Dixon, Tamesis Texts Ltd., 1981.

2. ESTUDIOS GENERALES SOBRE LA COMEDIA
    DE LOPE DE VEGA

AUBRUN, CHARLES V.: «Lope de Vega, dramaturge», *Bulletin of Hispanic Studies* LXI (julio de 1984), págs. 271-282.

ARCO Y GARAY, RICARDO: *La sociedad española en las obras dramáticas de Lope de Vega,* Madrid, Real Academia Española, 1942.

BRADBURY, GAIL: «Lope Plays of Bandello Origin», *Forum for Modern Language Studies,* 16 (enero de 1980), páginas 53-65.

CARREÑO, ANTONIO: *El romancero lírico de Lope de Vega,* Madrid, Editorial Gredos, 1979.

DIXON, VICTOR: «Lope's *La villana de Getafe* and the Myth of Phaeton; or the coche as Status Symbol», en *What's Past is Prologue. A Collection of Essays in Honour of L. J. Woodward,* Edinburgo, Scottish Academic Press, 1984, págs. 33-45.

DUNN, P. N.: «Some Uses of Sonnets in the Plays of Lope de Vega», *Bulletin of Hispanic Studies,* XXXIV (1957), págs. 213-222.

FORASTIERI BRASCHI, EDUARDO: *Aproximación estructural al teatro de Lope de Vega,* Madrid, Hispanova de Ediciones, 1976.

GASPARETTI, A.: *Las novelas de Mateo Bandello como fuentes del teatro de Lope de Vega,* Salamanca, 1939.

GATTI, J. F., ed.: *El teatro de Lope de Vega: artículos y estudios,* Buenos Aires, 1962.

HAYES, F. C.: «The Use of Proverbs in Titles and Motives in the *Siglo de Oro* Drama: Lope de Vega», *Hispanic Review,* VI (1938), págs. 305-323.

Lope de Vega: el teatro, I, II, ed. Antonio Sánchez Rome-ralo, Madrid, Taurus, 1989.

Lope de Vega y los orígenes del teatro español en *Actas del I Congreso Internacional sobre Lope de Vega,* ed. Manuel Criado de Val, Madrid, Edi-6, 1981.

MARAVALL, JOSÉ ANTONIO: «La función del honor en la sociedad tradicional», *Ideologies and Literatures,* 11, 7 (mayo-junio de 1981), págs. 9-27.

MARTÍN, DIEGO: *La intriga secundaria en el teatro de Lope de Vega,* Toronto, México, 1958.

— *Uso y función de la versificación dramática en Lope de Vega,* Adelphi University, Valencia, 1968.

McKENDRICK, MELVEENA: *Woman and Society in the Spanish Drama of the Golden Age* (Cambrigde University Press, 1979).

MORLEY, S. G., y BRUERTON, C.: *Cronología de las comedias de Lope de Vega* (Madrid, Editorial Gredos, 1968).

PRING-MILL, ROBERT D. F.: «Introduction», *Lope de Vega, five plays,* trad. de Jill Booty, Nueva York, 1961, págs. XXVI-XXVIII.

REICHENBERGER, A. G.: «The Uniqueness of the Comedia», *Hispanic Review,* XXVII (1959), págs. 303-316.

RUGGERIO, MICHAEL J.: «Some Approaches to Structure in the Spanish Golden "Comedia"», *Orbis Litterarum, revue internationale d'études littéraires,* 28 (1973), págs. 173-191.

SHERGOLD, N. D.: *A History of the Spanish Stage: From Medieval Times until the End of the Seventeenth Century,* Oxford, 1967.

VOSSLER, KARL: *Lope de Vega y su tiempo,* trad. de Ramón Gómez de la Serna, Madrid, 1933.

YARBRO-BEJARANO, IVONNE: «Hacia un análisis feminista del drama de honor de Lope de Vega», *La Torre,* 1, 3-4 (1987), págs. 615-632.

3. ESTUDIOS SOBRE «EL PERRO DEL HORTELANO»

ASENSIO, EUGENIO: «Una canción de Lope en *El perro del hortelano*», *Cancionero musical Luso-Español del siglo XVI antiguo e inédito* (Salamanca, 1989), págs. 17-21.

FICHTER W. L. (res.): «Comedia del perro del hortelano», ed. Kohler, París, 1934 *(Hispanic Review*, III, 1935, páginas 261-64).

FISHER, SUSAN L.: «Some are Born Great ... and Some Have Greatness thrust upon Them: Comic resolution in *El perro del hortelano* and *Twelfth Night*», *Hispania*, 72 (1989), págs. 78-86.

FUCILLA, JOSEPH G.: «Daniello's Annotations to Petrarch's *"Canzoniere"* and Lope de Vega's *El perro del hortelano*», *Mélanges de litterature comparée et de Philologie offerts à Mieczyslaw Brahmer* (Warszawa, Editions Scientifiques de Pologne, 1967), págs. 241-249.

GONZÁLEZ CRUZ, LUIS F.: «El soneto: esencia temática de *El perro del hortelano*, de Lope de Vega», en *Lope de Vega y los orígenes del teatro español*, págs. 541-545.

HALL, GASTON H.: «Illusion et verité dans deux pieces de Lope de Vega: la fiction vraie et *Le chien du jardinier*», en *Verité et illusion dans le théâtre au temps de la Renaissance*, París, Tourot, 1983.

HERRERO, JAVIER: «Lope de Vega y el Barroco: la degradación por el honor», *Sistema. Revista de Ciencias Sociales*, 4 (1974), págs. 49-71.

JONES, R. O.: *«El perro del hortelano* y la visión de Lope», *Filología*, X (1964), págs. 135-143; incluido también en *Lope de Vega: el teatro II*, págs. 321-332.

PÉREZ, LOUIS C.: «La fábula de Ícaro y *El perro del hortelano*», en *Estudios literarios de hispanistas norteamericanos dedicados a Helmut Hatzfeld con motivo de su 80 aniversario*, ed. Joseph M. Solá-Solé, Alessandro Crisafulli, Bruno Damiani (Barcelona, Ediciones Hispam, 1974), págs. 287-296.

ROSSETTI, GUY: *«El perro del hortelano:* Love, Honor and the *Burla», Hispanic Journal,* I, (1979), págs. 37-46.

ROTHBERG, IRVING P.: «The Nature of the Solution in *El perro del hortelano», Bulletin of the Comediantes,* 2 (Fall, 1977), págs. 86-96.

SAGE, JACHK W.: «The Context of Comedy: Lope de Vega's *El perro del hortelano* and Related Plays», *Studies in Spanish Literature of the Golden Age presented to Edward M. Wilson,* ed. R. O. Jones (Londres, Tamesis Book Limited, 1973), págs. 247-266.

WARDROPPER, BRUCE W.: «Comic Illusion: Lope de Vega's *El perro del hortelano», Kentucky Romance Quarterly,* XIV (1967), págs. 101-111. Véase en versión al castellano en *Lope de Vega: el teatro II,* págs. 333-345.

WEBER DE KURLAT, FRIDA: *«El perro del hortelano* como comedia palatina», *Nueva Revista de Filología Hispánica,* XXIV, 2 (1975), págs. 339-363.

WILSON, MARGARET: «Lope as Satirist: Two Themes in *El perro del hortelano», Hispanic Review,* 40 (1972), páginas 271-282.

ESTA EDICIÓN

En la extensa lista que presenta Lope de sus comedias en *El peregrino en su patria,* en la reimpresión de 1618, menciona *El perro del hortelano.* Se incluye en la *Oncena parte de sus comedias,* que sale este mismo año en Madrid; meses más tarde en Barcelona. La edición de Madrid, que seguimos en esta edición, se puede considerar como la príncipe. La fecha de composición se remonta, como ya indicamos, a 1613. La alusión paródica a las *Soledades* de Góngora, que se difunden en este año en la corte madrileña, con otros calcos significativos, se fijaría como término límite. Las diferencias textuales entre ambas ediciones (Madrid=**M;** Barcelona=**B**) las anotamos en el siguiente «apéndice textual» para aquellos interesados en las minucias filológicas de la comedia. Las variantes en ediciones posteriores impresas carecen de importancia. La edición de Madrid presenta una «fe de erratas». Lo que indica que el censor cotejó el texto impreso, bien con el ms. autógrafo o con una copia de éste. La edición de Barcelona omite la «fe de erratas». Las pocas diferencias con el texto madrileño son dignas de destacar: «salta» por «falta», por ejemplo, o «crecía» por «creció», como veremos. No existe, que sepamos, autógrafo de *El perro del hortelano;* tan sólo dos manuscritos, de acuerdo con Kohler (ed., pág. v), con el título *Amar por Amar.* El primero, de 1651; el segundo, posible copia del primero, de finales del siglo XVII.

APÉNDICE TEXTUAL

VARIANTES

Acto primero: vv. 41-45. **M.** «nos oyó», que corrige en la
«fe de erratas», de acuerdo con **B.** «no soy yo»; vv. 150-152,
M., omite la acotación «Dia.» se incluye en **B**; v. 161 **M.**,
omite la acotación «Fab.»; v. 214, **M.** «para que me niegas
lo menos». Seguimos aquí la lectura de **B.**, por parecernos
la más correcta; v. 263, **M.**, «acuerda»; **B.**, «acuerde»;
v. 364, **M.**, «alçò»; **B.**, «alço»; v. 405, **M.**, «salta», **B.**, «falta»;
v. 422, **M.** «quitara»; **B.**, «quitará»; v. 588, **M.**, «amor»; **B.**,
«amar» (el mismo error en vv. 1647, 1653); v. 668, **M.**,
«murciélagos»; **B.**, «murciégalero»; v. 702, **M** y **B.**, «inoran-
cia» (en v. 944 incluyen ambos «ignorancia»); v. 853, **M** y
B., «mas todo, y bachillería» (seguimos la enmienda gene-
ralizada en ediciones posteriores); v. 888, **M.**, **B.**, «y es discreción». Seguimos esta versión; la enmiendan otros editores
por «y en discreción» (Kossoff); v. 1003, **M.**, «casays»; **B.**,
«caseys»; v. 1069, **B.**, «defetos»; v. 1141, **B.**, «escriuame».

Acto segundo: v. 1230, **M.**, «perfecta»; **B.**, «perfeta»;
1272, **M.**, «mia tanta merced»; **B.**, «tanta merced?»;
vv. 1321-23, **M.**, «también / como»; **B.**, «tan bien / como».
En ambos se lee «parabien. / De»; v. 1440, tanto **M.** como
B. incluyen equivocadamente «pienso»; v. 1528 **M.**, «... buscar. / Que...»; **B.**, «buscar, / Que...»; v. 1538 **M.**, «concierto»; **B.**, «concierto?». Como indica Kossoff (ed.), y de

acuerdo con Kohler, no se encuentra en **B.**, «concierto i bueno»; v. 1590., **B.**, «de ti»; v. 1600, **B.** (y también Kohler) «se piensa» pese a que en la «fe de erratas» de **M.**, se corrige por «te piensas»; v. 1630, **B.**, «monstruos»; **M.**, «monstros»; vv. 1647, 1653, **M. B.**, «amor». Sin embargo, en la «fe de erratas» de **M.**, se enmienda el primer caso por «amar»; y «tal vez el segundo», concluye Kossoff (ed.); v. 1758, **M.**, **B.**, «vitoria»; v. 1834, **B.**, «Lo?. imaginas?»; v. 1841 **M.** por error «buscas», **B.**, «buscar»; vv. 1915-16, **M.**, «Mejor. / los...»; **B.**, «Mejor / los...»; v. 1931, **M.**, varía ligeramente la puntuación; v. 2212, **M.**, **B.**, «han de aprovar».

Tercer acto: v. 2360, **M.**, **B.**, «vistes» (seguimos la versión adoptada por editores posteriores); vv., 2456-57, **M.**, **B.**, omiten el signo de exclamación; v. 2477, **M.**, «muerte?»; **B.**, «muerte»; v. 2485, **M.**, «pobreto»; **B.**, «pobrete»; v. 2537-38, **M.**, y **B.**, omiten los puntos de interrogación; v. 2554, **M.** «... del muerto, ni vivo»; **B.**, ... del, muerto, ni...»; v. 2605, **B.**, «me ha tratado»; **M** «le ha tratado», obvio error tipográfico; v. 2714 **M.**, incluye la acotación «Váyase» después del v. 2714; vv. 2718-19, **M.** incluye el punto de interrogación después del cuarto verso; **B.**, después del segundo verso y del cuarto; v. 2744, **M.** y **B.** «la cubre». Seguimos la lectura de Kossoff que prefiere «le cubre»; v. 2759, **B.**, «Seays bien venido»; v. 2811 **B.**, «crecía», variante que altera el número de sílabas; v. 2887, **M.**, «aguardándote»; **B.**, «aguardando te queda»; v. 2964 **M.**, «... fabuloso!», **B.**, «... fabuloso?»; v. 3106, **M.**, «... tan alto estado»; **B.**, «... estado?; vv. 3160-64 en **M** y **B** estos versos son afirmaciones. Un buen número de ediciones (Kohler, Cotarelo) los hacen interrogativos; v. 3227, **M.**, **B.**, «... esta noche?»; v. 3231, **M.**, «Que, quieres mas?»; **B.**, «Que quieres más?»; v. 3245 **M.**, **B.**, escriben «grecezizar»; en otras ediciones (Kohler) se lee «gregecizar»; Cotalero, «greguecizar».

EL PERRO DEL HORTELANO

ONZENA
PARTE DE
LAS COMEDIAS DE
LOPE DE VEGA CARPIO, FA-
MILIAR DEL SANTO OFICIO.

DIRIGIDAS A DON BERNABE
de Viuanco y Velasco, Cauallero del Abito de San
tiago, de la Camara de su Magestad.

Sacadas de sus originales.

Año   1618

CON PRIVILEGIO.
En Madrid, Por la viuda de Alonso Martin de Balboa.

A costa de Alonso Perez mercader de libros.

Vendense en la calle de Santiago.

PERRO DEL HORTELANO

Hablan en ella las personas siguientes:

DIANA, *condesa de Belflor.*
LEONIDO, *criado.*
EL CONDE FEDERICO.
ANTONELO, *lacayo.*
TEODORO, *su secretario.*
MARCELA, DOROTEA,
ANARDA, *de su cámara.*

OTAVIO, *su mayordomo.*
FABIO, *su gentilhombre,*
EL CONDE LUDOVICO.
FURIO, LIRANO,
TRISTÁN, *lacayo.*
RICARDO, *marqués.*
CELIO, *criado.* CAMILO.

ACTO PRIMERO

Salen TEODORO *con una capa guarnecida de noche*
y TRISTÁN, *criado; vienen huyendo*

TEODORO.   Huye, Tristán, por aquí.
TRISTÁN.   Notable desdicha ha sido.
TEODORO.   ¿Si nos habrá conocido?
TRISTÁN.   No sé; presumo que sí.

Váyanse y entre tras ellos DIANA, *condesa de Belflor.*

DIANA.   ¡Ah gentilhombre, esperad!   5
               ¡Teneos, oíd! ¿qué digo?
               ¿Esto se ha de usar conmigo?
               ¡Volved, mirad, escuchad!
               ¡Hola! ¿No hay aquí un criado?
               ¡Hola! ¿No hay un hombre aquí?   10
               Pues no es hombre lo que vi,
               ni sueño que me ha burlado.
                  ¡Hola! ¿Todos duermen ya?

               Sale FABIO, *criado.*

FABIO.   ¿Llama vuestra señoría?
DIANA.   Para la cólera mía   15
               gusto esa flema me da.
                  Corred, necio, enhoramala,

pues merecéis este nombre,
y mirad quién es un hombre
que salió de aquesta sala.   20

FABIO.   ¿Desta sala?
DIANA.   Caminad,
y responded con los pies.

FABIO.   Voy tras él.
DIANA.   Sabed quién es.
¡Hay tal traición, tal maldad!

Sale OTAVIO.

OTAVIO.   Aunque su voz escuchaba,   25
a tal hora no creía
que era vuestra señoría
quien tan aprisa llamaba.

DIANA.   ¡Muy lindo Santelmo hacéis!
¡Bien temprano os acostáis!   30
¡Con la flema que llegáis!
¡Qué despacio que os movéis!
        Andan hombres en mi casa
a tal hora, y aun los siento
casi en mi propio aposento   35
(que no sé yo dónde pasa
        tan grande insolencia, Otavio)
y vos, muy a lo escudero,
cuando yo me desespero,
¿ansí remediáis mi agravio?   40

OTAVIO.   Aunque su voz escuchaba,
a tal hora, no creía
que era vuestra señoría
quien tan aprisa llamaba

---

20 *Aquesta:* es decir, esta.
29 *Santelmo:* es una llama pequeña que en tiempo de tempestad suele
aparecer en los remates de las torres; también en las antenas de los
navíos. Es conocido tal fenómeno por el nombre de «fuego de Santelmo».

DIANA.	Volveos, que no soy yo; 45
	acostaos, que os hará mal.
OTAVIO.	Señora...

Sale FABIO.

FABIO.	No he visto tal.
	Como un gavilán partió.
DIANA.	¿Viste las señas?
FABIO.	¿Qué señas?
DIANA.	¿Una capa no llevaba 50
	con oro?
FABIO.	¿Cuándo bajaba
	la escalera...?
DIANA.	¡Hermosas dueñas
	sois los hombres de mi casa!
FABIO.	A la lámpara tiró
	el sombrero y la mató. 55
	Con esto los pasos pasa,
	y en lo escuro del portal
	saca la espada y camina.
DIANA.	Vos sois muy lindo gallina.
FABIO.	¿Qué querías?
DIANA.	¡Pesia tal! 60
	Cerrar con él y matalle.
OTAVIO.	Si era hombre de valor,
	¿fuera bien echar tu honor
	desde el portal a la calle?
DIANA.	¿De valor aquí? ¿Por qué? 65

---

52 *dueñas:* se entiende por aquellas mujeres viudas y de respeto que se tienen en Palacio y en las casas de señores para autoridad de las antesalas y para guarda de las demás criadas. Vestían de negro con tocas blancas de lienzo que pendían de la cabeza.

60 *¡Pesia tal!:* interjección de desazón y enfado.

61 La asimilación de la -r del infinitivo a la -l del objeto (*matalle* por *matarle*) es corriente en el Siglo de Oro. Lope con frecuencia acude a tal recurso obligado por los efectos que le exige la rima.

OTAVIO.   ¿Nadie en Nápoles te quiere,
             que mientras casarse espere,
             por donde puede te ve?
                 ¿No hay mil señores que están,
             para casarse contigo,   70
             ciegos de amor? Pues, bien digo,
             si tú le viste galán,
                 y Fabio tirar bajando
             a la lámpara el sombrero.

DIANA.   Sin duda fue caballero   75
             que, amando y solicitando,
                 vencerá con interés
             mis crïados; que criados
             tengo, Otavio, tan honrados,
             pero yo sabré quién es.   80
                 Plumas llevaba el sombrero,
             y en la escalera ha de estar.
             Ve por él.

FABIO.   ¿Si le he de hallar?

DIANA.   Pues claro está, majadero;
                 que no había de bajarse   85
             por él cuando huyendo fue.

FABIO.   Luz, señora, llevaré.

DIANA.   Si ello viene a averiguarse,
                 no me ha de quedar culpado
             en casa.

OTAVIO.   Muy bien harás,   90
             pues cuando segura estás,
             te han puesto en este cuidado,
                 pero aunque es bachillería,
             y más estando enojada,
             hablarte en lo que te enfada,   95
             esta tu injusta porfía
                 de no te querer casar
             causa tantos desatinos,

---

93 *bachillería:* conversación impertinente. Véanse vv. 853, 1979.

	solicitando caminos	
	que te obligasen a amar.	100
DIANA.	¿Sabéis vos alguna cosa?	
OTAVIO.	Yo, señora, no sé más	
	de que en opinión estás	
	de incansable cuanto hermosa.	
	El condado de Belflor	105
	pone a muchos en cuidado.	

Sale FABIO.

FABIO.	Con el sombrero he topado,	
	mas no puede ser peor.	
DIANA.	Muestra. ¿Qué es esto?	
FABIO.	No sé	
	Éste aquel galán tiró.	110
DIANA.	¿Éste?	
OTAVIO.	No le he visto yo	
	más sucio.	
FABIO.	Pues éste fue.	
DIANA.	¿Éste hallaste?	
FABIO.	Pues ¿yo había	
	de engañarte?	
OTAVIO.	¡Buenas son	
	las plumas!	
FABIO.	Él es ladrón.	115
OTAVIO.	Sin duda a robar venía.	
DIANA.	Haréisme perder el seso.	
FABIO.	Este sombrero tiró.	
DIANA.	Pues las plumas que vi yo,	
	y tantas que aun era exceso,	120
	¿en esto se resolvieron?	
FABIO.	Como en la lámpara dio,	
	sin duda se las quemó,	
	y como estopas ardieron.	

---

111 Lope usa con frecuencia, observa A. David Kossoff, «le» con
antecedente de cosa masculina; véanse otros casos en los vv. 132, 210 *et
passim*. Es uso también corriente en el Siglo de Oro.

Ícaro ¿al sol no subía,   125
que abrasándose las plumas,
cayó en las blancas espumas
del mar? Pues esto sería.
      El sol la lámpara fue,
Ícaro el sombrero, y luego   130
las plumas deshizo el fuego,
y en la escalera le hallé.

DIANA.   No estoy para burlas, Fabio.
Hay aquí mucho que hacer.

OTAVIO.   Tiempo habrá para saber   135
la verdad.

DIANA.   ¿Qué tiempo, Otavio?

OTAVIO.   Duerme agora, que mañana
lo puedes averiguar.

DIANA.   No me tengo de acostar,
no, por vida de Diana,   140
      hasta saber lo que ha sido.
Llama esas mujeres todas.

OTAVIO.   Muy bien la noche acomodas.

DIANA.   Del sueño, Otavio, me olvido
      con el cuidado de ver   145
un hombre dentro de mi casa.

OTAVIO.   Saber después lo que pasa
fuera discreción, y hacer
      secreta averiguación.

DIANA.   Sois, Otavio, muy discreto;   150
que dormir sobre un secreto
es notable discreción.

Sale FABIO, DOROTEA, MARCELA, ANARDA.

FABIO.   Las que importan he traído,
que las demás no sabrán

---

137 *Agora:* ahora.

	lo que deseas y están	155
	rindiendo al sueño el sentido.	
	Las de tu cámara solas	
	estaban por acostar.	
ANARDA.	De noche se altera el mar,	
	y se enfurecen las olas.	160
FABIO.	¿Quieres quedar sola?	
DIANA.	Sí.	
	Salíos los dos allá.	
FABIO.	¡Bravo examen!	
OTAVIO.	Loca está.	
FABIO.	Y sospechosa de mí.	
DIANA.	Llégate aquí, Dorotea.	165
DOROTEA.	¿Qué manda vuseñoría?	
DIANA.	Que me dijeses querría	
	quién esta calle pasea.	
DOROTEA.	Senora, el marqués Ricardo,	
	y algunas veces el conde	170
	Paris.	
DIANA.	La verdad responde	
	de lo que decirte aguardo,	
	si quieres tener remedio.	
DOROTEA.	¿Qué te puedo yo negar?	
DIANA.	¿Con quién los has visto hablar?	175
DOROTEA.	Si me pusieses en medio	
	de mil llamas, no podré	
	decir que, fuera de ti,	
	hablar con nadie los vi	
	que en aquesta casa esté.	180
DIANA.	¿No te han dado algún papel?	
	¿Ningún paje ha entrado aquí?	
DOROTEA.	Jamás.	
DIANA.	Apártate allí.	

---

157 *solas:* solamente.
166 *Vuseñoría (vusiñoría* en vv. 598, 697 *et passim):* vuestra señoría.

MARCELA.	¡Brava inquisición!
ANARDA.	Cruel.
DIANA.	Oye, Anarda.
ANARDA.	¿Qué me mandas?
DIANA.	¿Qué hombre es éste que salió...?
ANARDA.	¿Hombre?
DIANA.	Desta sala; y yo

DIANA.   sé los pasos en que andas.
    ¿Quién le trajo a que me viese?
¿Con quién habla de vosotras?   190

ANARDA.   No creas tú que en nosotras
tal atrevimiento hubiese.
    ¡Hombre, para verte a ti,
había de osar traer
criada tuya, ni hacer   195
esa traición contra ti!
    No, señora, no lo entiendes.

DIANA.   Espera, apártate más,
porque a sospechar me das,
si engañarme no pretendes,   200
    que por alguna criada
este hombre ha entrado aquí.

ANARDA.   El verte, señora, ansí,
y justamente enojada,
    dejada toda cautela,   205
me obliga a decir verdad
aunque contra el amistad
que profeso con Marcela.
    Ella tiene a un hombre amor,
y él se le tiene también,   210
mas nunca he sabido quién.

DIANA.   Negarlo, Anarda, es error.
    Ya que confiesas lo más,
¿para qué niegas lo menos?

ANARDA.   Para secretos ajenos   215
mucho tormento me das,
    sabiendo que soy mujer,
mas basta que hayas sabido

	que por Marcela ha venido.	
	Bien te puedes recoger,	220

        que por Marcela ha venido.
        Bien te puedes recoger,   220
          que es sólo conversación,
        y ha poco que se comienza.

DIANA.   ¡Hay tan cruel desvergüenza!
        ¡Buena andará la opinión
          de una mujer por casar!   225
        ¡Por el siglo, infame gente,
        del conde mi señor!...

ANARDA.   Tente,
        y déjame disculpar,
          que no es de fuera de casa
        el hombre que habla con ella,   230
        ni para venir a vella
        por esos peligros pasa.

DIANA.   En efeto, ¿es mi criado?
ANARDA. Sí, señora.
DIANA.   ¿Quién?
ANARDA.   Teodoro.
DIANA.   ¿El secretario?
ANARDA.   Yo ignoro   235
        lo demás; sé que han hablado.
DIANA.   Retírate, Anarda, allí.
ANARDA. Muestra aquí tu entendimiento.
DIANA.   Con más templanza me siento,
        sabiendo que no es por mí.   240
        ¡Marcela!
MARCELA.   ¿Señora?...
DIANA.   Escucha.
MARCELA. ¿Qué mandas? (Temblando llego.)
DIANA.   ¿Eres tú de quien fiaba
        mi honor y mis pensamientos?
MARCELA. Pues ¿qué te han dicho de mí,   245
        sabiendo tú que profeso
        la lealtad que tú mereces?

---

226 *¡Por el siglo...!:* una forma de exclamación afirmativa.
231 *vella:* verla.
239 *templanza:* moderación; continencia de la ira o cólera.

DIANA.	¿Tú? ¿Lealtad?
MARCELA.	¿En qué te ofendo?
DIANA.	¿No es ofensa que en mi casa,
	y dentro de mi aposento,
	entre un hombre a hablar contigo?
MARCELA.	Está Teodoro tan necio,
	que donde quiera me dice
	dos docenas de requiebros.
DIANA.	¿Dos docenas? ¡Bueno a fe!
	Bendiga el buen año el cielo,
	pues se venden por docenas.
MARCELA.	Quiero decir que, en saliendo
	o entrando, luego a la boca
	traslada sus pensamientos.
DIANA.	¿Traslada? Término extraño.
	¿Y qué te dice?
MARCELA.	No creo
	que se me acuerda.
DIANA.	Sí hará.
MARCELA.	Una vez dice: «Yo pierdo
	el alma por esos ojos».
	Otra: «Yo vivo por ellos;
	esta noche no he dormido,
	desvelando mis deseos
	en tu hermosura». Otra vez
	me pide sólo un cabello
	para atarlos, porque estén
	en su pensamiento quedos.
	Mas ¿para qué me preguntas
	niñerías?
DIANA.	Tú a lo menos
	bien te huelgas.
MARCELA.	No me pesa,
	porque de Teodoro entiendo
	que estos amores dirige

250

255

260

265

270

275

---

260   *traslada:* transfiere.

	a fin tan justo y honesto	
	como el casarse conmigo.	
DIANA.	Es el fin del casamiento	280
	honesto blanco de amor	
	¿Quieres que yo trate desto?	
MARCELA.	¡Qué mayor bien para mí!	
	Pues ya, señora, que veo	
	tanta blandura en tu enojo	285
	y tal nobleza en tu pecho,	
	te aseguro que le adoro,	
	porque es el mozo más cuerdo,	
	más prudente y entendido,	
	más amoroso y discreto	290
	que tiene aquesta ciudad.	
DIANA.	Ya sé yo su entendimiento,	
	del oficio en que me sirve.	
MARCELA.	Es diferente el sujeto	
	de una carta, en que le pruebas	295
	a dos títulos tus deudos,	
	o el verle hablar más de cerca	
	en estilo dulce y tierno	
	razones enamoradas.	
DIANA.	Marcela, aunque me resuelvo	300
	a que os caséis, cuando sea	
	para ejecutarlo tiempo,	
	no puedo dejar de ser	
	quien soy, como ves que debo	
	a mi generoso nombre,	305
	porque no fuera bien hecho	
	daros lugar en mi casa.	
	Sustentar mi enojo quiero,	
	pues que ya todos le saben,	
	tú podrás con más secreto	310
	proseguir ese tu amor;	
	que en la ocasión yo me ofrezco	

---

294 *sujeto:* materia, asunto.
305 *generoso:* honrado, noble.

	a ayudaros a los dos;	
	que Teodoro es hombre cuerdo,	
	y se ha criado en mi casa,	315
	y a ti, Marcela, te tengo	
	la obligación que tú sabes,	
	y no poco parentesco.	
MARCELA.	A tus pies tienes tu hechura.	
DIANA.	Vete.	
MARCELA.	Mil veces los beso.	320
DIANA.	Dejadme sola.	
ANARDA.	¿Qué ha sido?	
MARCELA.	Enojos en mi provecho.	
DOROTEA.	¿Sabe tus secretos ya?	
MARCELA.	Sí sabe, y que son honestos.	

Háganle tres reverencias y váyanse

DIANA *(sola)*.   Mil veces he advertido en la belleza,   325
           gracia y entendimiento de Teodoro;
           que a no ser desigual a mi decoro,
           estimara su ingenio y gentileza.
                Es el amor común naturaleza,
           mas yo tengo mi honor por más tesoro;   330
           que los respetos de quien soy adoro
           y aun el pensarlo tengo por bajeza.
                La envidia bien sé yo que ha de que-
                                              [darme,
           que si la suelen dar bienes ajenos,
           bien tengo de que pueda lamentarme,   335
           porque quisiera yo que por lo menos
           Teodoro fuera más, para igualarme,
           o yo, para igualarle, fuera menos.

Salen TEODORO *y* TRISTÁN

TEODORO.   No he podido sosegar.

---

319   *hechura:* alude a la persona a quien otra ha puesto en algún
empleo de honor, conveniencia y que le confiesa su fortuna y dependencia.
329   *naturaleza:* «... calidad o propiedad de las cosas».

TRISTÁN.	Y aun es con mucha razón;	340
	que ha de ser tu perdición	
	si lo llega a averiguar.	
	Díjete que la dejaras	
	acostar, y no quisiste.	
TEODORO.	Nunca el amor se resiste.	345
TRISTÁN.	Tiras, pero no reparas.	
TEODORO.	Los diestros lo hacen ansí.	
TRISTÁN.	Bien sé yo que si lo fueras,	
	el peligro conocieras.	
TEODORO.	¿Si me conoció?	
TRISTÁN.	No y sí,	350
	que no conoció quién eras,	
	y sospecha le quedó.	
TEODORO.	Cuando Fabio me siguió	
	bajando las escaleras,	
	fue milagro no matalle.	355
TRISTÁN.	¡Qué lindamente tiré	
	mi sombrero a la luz!	
TEODORO.	Fue	
	detenelle y deslumbralle,	
	porque si adelante pasa,	
	no le dejara pasar.	360
TRISTÁN.	Dije a la luz al bajar,	
	«Di que no somos de casa,»	
	y respondióme, «Mentís.»	
	Alzo y tiréle el sombrero.	
	¿Quedé agraviado?	
TEODORO.	Hoy espero	365
	mi muerte.	
TRISTÁN.	Siempre decís	
	esas cosas los amantes	
	cuando menos pena os dan.	
TEODORO.	Pues ¿qué puedo hacer, Tristán,	
	en peligros semejantes?	370

---

346 *reparas:* advertir, reflexionar o también lanzar una estocada.

TRISTÁN.   Dejar de amar a Marcela,
                  pues la condesa es mujer
                  que si lo llega a saber,
                  no te ha de valer cautela
                  para no perder su casa.   375
TEODORO.   ¿Y no hay más sino olvidar?
TRISTÁN.   Liciones te quiero dar
                  de cómo el amor se pasa.
TEODORO.   ¿Ya comienzas desatinos?
TRISTÁN.   Con arte se vence todo;   380
                  oye, por tu vida, el modo
                  por tan fáciles caminos.
                      Primeramente has de hacer
                  resolución de olvidar,
                  sin pensar que has de tornar   385
                  eternamente a querer.
                      Que si te queda esperanza
                  de volver, no habrá remedio
                  de olvidar, que si está en medio
                  la esperanza, no hay mudanza.   390
                      ¿Por qué piensas que no olvida
                  luego un hombre a una mujer?
                  Porque, pensando volver,
                  va entreteniendo la vida.
                      Ha de haber resolución   395
                  dentro del entendimiento,
                  con que cesa el movimiento
                  de aquella imaginación.
                      ¿No has visto faltar la cuerda
                  de un reloj y estarse quedas   400
                  sin movimiento las ruedas?
                  Pues desa suerte se acuerda
                      el que tienen las potencias,
                  cuando la esperanza falta.

---

377 *liciones:* lecciones; forma común en tiempos de Lope.
394 *entreteniendo:* hacer una cosa menos molesta; que se pase con
menos trabajo.

TEODORO.   Y la memoria, ¿no salta   405
                luego a hacer mil diligencias,
                    despertando el sentimiento
                a que del bien no se prive?
TRISTÁN.   Es enemigo que vive
                asido al entendimiento,   410
                    como dijo la canción
                de aquel español poeta,
                mas por eso es linda treta
                vencer la imaginación.
TEODORO.   ¿Cómo?
TRISTÁN.   Pensando defetos,   415
                y no gracias; que olvidando
                defetos están pensando,
                que no gracias, los discretos.
                    No la imagines vestida
                con tan linda proporción   420
                de cintura, en el balcón
                de unos chapines subida.
                    Toda es vana arquitectura,
                porque dijo un sabio un día
                que a los sastres se debía   425
                la mitad de la hermosura.
                    Como se ha de imaginar
                una mujer semejante,
                es como un disciplinante
                que le llevan a curar.   430
                    Esto sí, que no adornada
                del costoso faldellín;
                pensar defetos, en fín,
                es medecina aprobada.

---

422 *chapines:* sandalias de suela gruesa de corcho para dar ilusión de
estatura a la mujer.
432 *faldellín:* ropa interior de las mujeres que se coloca de la cintura
abajo. Viene a ser lo mismo que brial o guardapiés.

                    Si de acordarte que vías   435
              alguna vez una cosa
              que te pareció asquerosa,
              no comes en treinta días,
                    acordándote, señor,
              de los defetos que tiene,   440
              si a la memoria te viene,
              se te quitará el amor.
TEODORO.   ¡Qué grosero cirujano!
              ¡Qué rústica curación!
              Los remedios al fin son   445
              como de tu tosca mano.
                    Médico impírico eres;
              no has estudiado, Tristán.
              Yo no imagino que están
              desa suerte las mujeres,   450
                    sino todas cristalinas,
              como un vidro trasparentes.
TRISTÁN.   ¡Vidro! Sí, muy bien lo sientes,
              si a verlas quebrar caminas;
                    mas si no piensas pensar   455
              defetos, pensarte puedo,
              porque ya he perdido el miedo
              de que podrás olvidar.
                    Pardiez, yo quise una vez,
              con esta cara que miras,   460
              a una alforja de mentiras,
              años cinco veces diez;
                    y entre otros dos mil defetos,
              cierta barriga tenía
              que encerrar dentro podía,   465
              sin otros mil parapetos,
                    cuantos legajos de pliegos

---

447 *impírico:* médico que cura sólo por la experiencia sin haber estu-
diado en la universidad.
452 *vidro:* vidrio. Vaso de cristal
466 *parapetos:* barandillas.

algún escritorio apoya,
pues como el caballo en Troya
pudiera meter los griegos.   470
   ¿No has oído que tenía
cierto lugar un nogal,
que en el tronco un oficial
con mujer y hijos cabía,
   y aun no era la casa escasa?   475
Pues desa misma manera,
en esta panza cupiera
un tejedor y su casa.
   Y queriéndola olvidar
(que debió de convenirme),   480
dio la memoria en decirme
que pensase en blanco azar,
   en azucena y jazmín,
en marfil, en plata, en nieve,
y en la cortina, que debe   485
de llamarse el faldellín,
   con que yo me deshacía,
mas tomé más cuerdo acuerdo,
y di en pensar, como cuerdo,
lo que más le parecía: 490
   cestos de calabazones,
baúles viejos, maletas
de cartas para estafetas,
almofrejes y jergones;
   con que se trocó en desdén   495
el amor y la esperanza,
y olvidé la dicha panza
por siempre jamás amén;
   que era tal, que en los dobleces

_____

468 *apoya:* sostiene.
482 *azar:* azahar. La flor del naranjo.
494 *almofrejes:* bolsa que contiene un pequeño colchón que llevan
como cama aquellos que caminan.

	(y no es mucho encarecer)	500
	se pudieran esconder	
	cuatro manos de almireces.	
TEODORO.	En las gracias de Marcela	
	no hay defetos que pensar.	
	Yo no la pienso olvidar.	505
TRISTÁN.	Pues a tu desgracia apela,	
	y sigue tan loca empresa.	
TEODORO.	Toda es gracias: ¿qué he de hacer?	
TRISTÁN.	Pensarlas hasta perder	
	la gracia de la condesa.	510

Sale la condesa

DIANA.	Teodoro...	
TEODORO.	La misma es.	
DIANA.	Escucha.	
TEODORO.	A tu hechura manda.	
TRISTÁN.	Si en averiguarlo anda,	
	de casa volamos tres.	
DIANA.	Hame dicho cierta amiga	515
	que desconfía de sí,	
	que el papel que traigo aquí	
	le escriba; a hacerlo me obliga	
	la amistad, aunque yo ignoro,	
	Teodoro, cosas de amor,	520
	y que le escribas mejor	
	vengo a decirte, Teodoro.	
	Toma y lee.	
TEODORO.	Si aquí,	
	señora, has puesto la mano,	
	igualarle fuera en vano,	
	y fuera soberbia en mí.	525
	Sin verle, pedirte quiero	
	que a esa señora le envíes.	
DIANA.	Léele.	

---

517 *papel:* carta.

TEODORO.	Que desconfíes
	me espanto; aprender espero 530
	estilo que yo no sé;
	que jamás traté de amor.
DIANA.	¿Jamás, jamás?
TEODORO.	Con temor
	de mis defetos, no amé,
	que soy muy desconfiado. 535
DIANA.	Y se puede conocer
	de que no te dejas ver,
	pues que te vas rebozado.
TEODORO.	¡Yo, señora! ¿Cuándo o cómo?
DIANA.	Dijéronme que salió 540
	anoche acaso, y te vio
	rebozado el mayordomo.
TEODORO.	Andaríamos burlando
	Fabio y yo, como solemos,
	que mil burlas nos hacemos. 545
DIANA.	Lee, lee.
TEODORO.	Estoy pensando
	que tengo algún envidioso.
DIANA.	Celoso podría ser.
	Lee, lee.
TEODORO.	Quiero ver
	ese ingenio milagroso. 550

Lea. «Amar por ver amar, envidia ha sido,
y primero que amar estar celosa
es invención de amor maravillosa
y que por imposible se ha tenido.

»De los celos mi amor ha procedido 555
por pesarme que, siendo más hermosa,
no fuese en ser amada tan dichosa
que hubiese lo que envidio merecido.

---

538 *rebozado:* o arrebozado; ir con el rostro cubierto con un cabo o lado de la capa, en concreto la barba o el bozo, echándola sobre el hombro izquierdo para que no se caiga. Vale por encubrir, ocultar.

»Estoy sin ocasión desconfiada,
celosa sin amor, aunque sintiendo;   560
debo de amar, pues quiero ser amada.
    »Ni me dejo forzar ni me defiendo;
darme quiero a entender sin decir nada;
entiéndame quien puede; yo me entiendo.»

DIANA.   ¿Qué dices?
TEODORO.   Que si esto es   565
a propósito del dueño,
no he visto cosa mejor,
mas confieso que no entiendo
cómo puede ser que amor
venga a nacer de los celos,   570
pues que siempre fue su padre.
DIANA.   Porque esta dama, sospecho
que se agradaba de ver
este galán, sin deseo,
y viéndole ya empleado   575
en otro amor, con los celos
vino a amar y a desear.
¿Puede ser?
TEODORO.   Yo lo concedo;
mas ya esos celos, señora,
de algún principio nacieron,   580
y ése fue amor; que la causa
no nace de los efetos,
sino los efetos della.
DIANA.   No sé, Teodoro; esto siento
desta dama, pues me dijo   585
que nunca al tal caballero
tuvo más que inclinación,
y en viéndole amar, salieron
al camino de su honor
mil salteadores deseos,   590
que le han desnudado el alma
del honesto pensamiento
con que pensaba vivir.

TEODORO.	Muy lindo papel has hecho;	
	yo no me atrevo a igualarle.	595
DIANA.	Entra y prueba.	
TEODORO.	No me atrevo.	
DIANA.	Haz esto, por vida mía.	
TEODORO.	Vusiñoría con esto	
	quiere probar mi ignorancia.	
DIANA.	Aquí aguardo; vuelve luego,	600
TEODORO.	Yo voy.	
DIANA.	Escucha, Tristán.	
TRISTÁN.	A ver lo que mandas vuelvo,	
	con vergüenza destas calzas;	
	que el secretario, mi dueño,	
	anda falido estos días,	605
	y hace mal un caballero,	
	sabiendo que su lacayo	
	le va sirviendo de espejo,	
	de lucero y de cortina,	
	en no traerle bien puesto.	610
	Escalera del señor	
	si va a caballo, un discreto	
	nos llamó, pues a su cara	
	se sube por nuestros cuerpos.	
	No debe de poder más.	615
DIANA.	¿Juega?	
TRISTÁN.	¡Pluguiera a los cielos!	
	Que a quien juega, nunca faltan	
	desto o de aquello dineros.	
	Antiguamente los reyes	
	algún oficio aprendieron,	620
	por si en la guerra o la mar	
	perdían su patria y reino,	
	saber con qué sustentarse.	

---

605 *falido:* quebrado, arruinado.
609 *lucero:* estrella grande, brillante; también estrella que sirve de guía.
610 *bien puesto:* bien vestido.

¡Dichosos los que pequeños
aprendieron a jugar!   625
Pues en faltando, es el juego
un arte noble que gana
con poca pena el sustento.
Verás un grande pintor,
acrisolando el ingenio,   630
hacer una imagen viva,
y decir el otro necio
que no vale diez escudos;
y que el que juega, en diciendo:
«Paro», con salir la suerte,   635
le sale a ciento por ciento.

DIANA.   En fin, ¿no juega?
TRISTÁN.   Es cuitado.
DIANA.   A la cuenta será cierto
             tener amores.
TRISTÁN.   ¡Amores!
             ¡Oh qué donaire! Es un hielo.   640
DIANA.   Pues un hombre de su talle,
             galán, discreto y mancebo,
             ¿no tiene algunos amores
             de honesto entretenimiento?
TRISTÁN.   Yo trato en paja y cebada,   645
             no en papeles y requiebros.
             De día te sirve aquí;
             que está ocupado sospecho.
DIANA.   Pues ¿nunca sale de noche?
TRISTÁN.   No le acompaño; que tengo   650
             una cadera quebrada.
DIANA.   ¿De qué, Tristán?
TRISTÁN.   Bien te puedo
             responder lo que responden
             las malcasadas, en viendo

_____
637 *cuitado:* desdichado, afligido.
638 *A la cuenta:* por la cuenta; por lo que se puede juzgar.

	cardenales en su cara	655
	del mojicón de los celos:	
	«Rodé por las escaleras.»	
DIANA.	¿Rodaste?	
TRISTÁN.	Por largo trecho.	
	Con las costillas conté	
	los pasos.	
DIANA.	Forzoso es eso,	660
	si a la lámpara, Tristán,	
	le tirabas el sombrero.	
TRISTÁN.	¡Oxte, puto! ¡Vive Dios,	
	que se sabe todo el cuento!	
DIANA.	¿No respondes?	
TRISTÁN.	Por pensar	665
	cuándo…, pero ya me acuerdo:	
	anoche andaban en casa	
	unos murciélagos negros:	
	el sombrero los tiraba;	
	fuese a la luz uno de ellos,	670
	y acerté, por dar en él,	
	en la lámpara, y tan presto	
	por la escalera rodé	
	que los dos pies se me fueron.	
DIANA.	Todo está muy bien pensado,	675
	pero un libro de secretos	
	dice que es buena la sangre	
	para quitar el cabello	
	(desos murciégalos digo),	
	y haré yo sacarla luego,	680
	si es cabello la ocasión,	
	para quitarla con ellos.	
TRISTÁN.	¡Vive Dios, que hay chamusquina,	
	y que por murciegalero	
	me pone en una galera!	685

---

663   *¡Oxte, puto!:* apártate, quítate.
684   *murciegalero:* voz de germanía; significa ladrón que hurta a los
que están durmiendo.

DIANA.   ¡Que traigo de pensamientos!

                    Sale FABIO

FABIO.   Aquí está el marqués Ricardo.
DIANA.   Poned esas sillas luego.

                Sale RICARDO, *marqués, y* CELIO

RICARDO.   Con. el cuidado que el amor, Diana,
                pone en un pecho que aquel fin desea   690
                que la mayor dificultad allana,
                el mismo quiere que te adore y vea;
                solícito mi causa, aunque por vana
                esta ambición algún contrario crea,
                que dando más lugar a su esperanza,   695
                tendrá menos amor que confianza.
                    Está vusiñoría tan hermosa
                que estar buena el mirarla me asegura;
                que en la mujer (y es bien pensada cosa)
                la más cierta salud es la hermosura;   700
                que en estando gallarda, alegre, airosa,
                es necedad, es ignorancia pura,
                llegar a preguntarle si está buena,
                que todo entendimiento la condena.
                    Sabiendo que lo estáis, como lo dice   705
                la hermosura, Diana, y la alegría,
                de mí, si a la razón no contradice,
                saber, señora, cómo estoy querría.
DIANA.   Que vuestra señoría solemnice
                lo que en Italia llaman gallardía   710
                por hermosura, es digno pensamiento
                de su buen gusto y claro entendimiento.
                    Que me pregunte cómo está, no creo
                que soy tan dueño suyo que lo diga.
RICARDO.   Quien sabe de mi amor y mi deseo   715
                el fin honesto, a este favor me obliga.
                A vuestros deudos inclinados veo

            para que en lo tratado se prosiga;
            sólo falta, señora, vuestro acuerdo,
            porque sin él las esperanzas pierdo.   720
                Si, como soy señor de aquel estado
            que con igual nobleza heredé agora,
            lo fuera desde el sur más abrasado
            a los primeros paños del aurora;
            si el oro, de los hombres adorado,   725
            las congeladas lágrimas que llora
            el cielo, o los diamantes orientales
            que abrieron por el mar caminos tales,
                tuviera yo, lo mismo os ofreciera,
            y no dudéis, señora, que pasara   730
            adonde el sol apenas luz me diera,
            como a sólo serviros importara;
            en campañas de sal pies de madera
            por las remotas aguas estampara,
            hasta llegar a las australes playas,   735
            del humano poder últimas rayas.
DIANA.   Creo, señor marqués, el amor vuestro;
            y satisfecha de nobleza tanta,
            haré tratar el pensamiento nuestro,
            si al conde Federico no le espanta.   740
RICARDO.   Bien sé que en trazas es el conde diestro,
            porque en ninguna cosa me adelanta,
            mas yo fío de vos que mi justicia
            los ojos cegará de su malicia.

                Sale TEODORO.

TEODORO.   Ya lo que mandas hice.

733-36   obvia imitación del estilo culto que impone por estas fechas la
lírica de Góngora. Lo mismo sucede en *El castigo sin venganza,* donde
un personaje del mismo nombre —Ricardo— parodia el estilo de los
culteranos (vv.55-54).
741   *trazas:* formas o medios ingeniosos.

RICARDO.   Si ocupada   745
vuseñoría está, no será justo
hurtarle el tiempo.
DIANA.   No importara nada,
puesto que a Roma escribo.
RICARDO.   No hay disgusto
como en día de cartas dilatada
visita.
DIANA.   Sois discreto.
RICARDO.   En daros gusto.   750
Celio, ¿qué te parece?
CELIO.   Que quisiera
que ya tu justo amor premio tuviera.

                    Vase RICARDO.

DIANA.   ¿Escribiste?
TEODORO.   Ya escribí,
aunque bien desconfiado,
mas soy mandado y forzado.   755
DIANA.   Muestra.
TEODORO.   Lee.
DIANA.   Dice así *(Lee):*
     «Querer por ver querer, envidia fuera,
si quien lo vio, sin ver amar no amara,
porque si antes de amar, no amar pensara,
después no amara, puesto que amar viera.   760
     »Amor, que lo que agrada considera
en ajeno poder, su amor declara;
que como la color sale a la cara,
sale a la lengua lo que al alma altera.
     »No digo más, porque lo más ofendo   765
desde lo menos, si es que desmerezco
porque del ser dichoso me defiendo.
     »Esto que entiendo solamente ofrezco;

---

748 *puesto que:* aunque.

	que lo que no merezco no lo entiendo,	
	por no dar a entender que lo merezco.»	770
DIANA.	Muy bien guardaste el decoro.	
TEODORO.	¿Búrlaste?	
DIANA.	¡Pluguiera a Dios!	
TEODORO.	¿Qué dices?	
DIANA.	Que de los dos,	

      el tuyo vence, Teodoro.

TEODORO.   Pésame, pues no es pequeño   775
principio de aborrecer
un criado, el entender
que sabe más que su dueño.
    De cierto rey se contó
que le dijo a un gran privado: 780
«Un papel me da cuidado,
y si bien le he escrito yo,
    quiero ver otro de vos,
y el mejor escoger quiero.»
Escribióle el caballero,   785
y fue el mejor de los dos.
    Como vio que el rey decía
que era su papel mejor,
fuese, y díjole al mayor
hijo, de tres que tenía: 790
«Vámonos del reino luego;
que en gran peligro estoy yo.»
El mozo le preguntó
la causa, turbado y ciego;
    y respondióle: «Ha sabido   795
el rey que yo sé más que él.»
Que es lo que en este papel
me puede haber sucedido.

DIANA.   No, Teodoro, que aunque digo
que es el tuyo más discreto,   800
es porque sigue el conceto
de la materia que sigo,

---

782 *y si bien:* aunque.

              y no para que presuma
              tu pluma que si me agrada,
              pierdo el estar confiada   805
              de los puntos de mi pluma.
                 Fuera de que soy mujer
              a cualquier error sujeta,
              y no sé si muy discreta,
              como se me echa de ver.   810
                 Desde lo menos aquí,
              dices que ofendes lo más,
              y amando, engañado estás,
              porque en amor no es ansí,
                 que no ofende un desigual   815
              amando, pues sólo entiendo
              que se ofende aborreciendo.
TEODORO.   Ésa es razón natural,
                 mas pintaron a Faetonte
              y a Ícaro despeñados,   820
              uno en caballos dorados,
              precipitado en un monte,
                 y otro, con alas de cera,
              derretido en el crisol
              del sol.
DIANA.   No lo hiciera el sol   825
              si, como es sol, mujer fuera.
                 Si alguna cosa sirvieres
              alta, sírvela y confía;
              que amor no es más que porfía;
              no son piedras las mujeres.   830

_____

819-20 *Faetonte* (o Faetón): hijo del Sol y de Clymena. Insistió ante
su padre en guiar el carro del Sol. Los caballos, notando las manos dé-
biles de Faetón, pusieron en peligro a la Tierra, cayendo éste fulminado.
Se convirtió en símbolo de la impaciencia y su castigo en restauración del
equilibrio solar. *Ícaro:* huyó con su padre Dédalo de Creta, valiéndose
de unas alas que fabricó su padre de cera. Entusiasmado con el vuelo,
tanto se acercó al Sol que, derretida la cera, cayó al mar, ahogándose.
Vino a ser símbolo de los proyectos audaces y ambiciosos que dan en
fracaso.

| | Yo me llevo este papel;
| | que despacio me conviene
| | verle.

TEODORO.   Mil errores tiene.
DIANA.   No hay error ninguno en él.
TEODORO.   Honras mi deseo; aquí   835
             traigo el tuyo.
DIANA.   Pues allá
             le guarda, aunque bien será
             rasgarle.
TEODORO.   ¿Rasgarle?
DIANA.   Sí,
             que no importa que se pierda,
             si se puede perder más.   840

                    Váyase.

TEODORO.   Fuese. ¿Quién pensó jamás
             de mujer tan noble y cuerda
                este arrojarse tan presto
             a dar su amor a entender?
             Pero también puede ser   845
             que yo me engañase en esto,
                mas no me ha dicho jamás,
             ni a lo menos se me acuerda:
             «Pues ¿qué importa que se pierda,
             si se puede perder más?»   850
                Perder más, bien puede ser
             por la mujer que decía...
             mas todo es bachillería,
             y ella es la misma mujer.
                Aunque no, que la condesa   855
             es tan discreta y tan varia,
             que es la cosa más contraria
             de la ambición que profesa.
                Sírvenla príncipes hoy
             en Nápoles, que no puedo   860

ser su esclavo. Tengo miedo;
que en grande peligro estoy.
  Ella sabe que a Marcela
sirvo, pues aquí ha fundado
el engaño y me ha burlado,   865
pero en vano se recela
  mi temor, porque jamás
burlando salen colores.
¿Y el decir con mil temores
que «se puede perder más»?   870
  ¿Qué rosa, al llorar la aurora,
hizo de las hojas ojos,
abriendo los labios rojos
con risa a ver cómo llora,
  como ella los puso en mí,   875
bañada en púrpura y grana;
o qué pálida manzana
se esmaltó de carmesí?
  Lo que veo y lo que escucho,
yo lo juzgo (o estoy loco)   880
para ser de veras poco,
y para de burlas mucho.
  Mas teneos, pensamiento,
que os vais ya tras la grandeza,
aunque si digo belleza,   885
bien sabéis vos que no miento;
  que es bellísima Diana,
y es discreción sin igual.

Sale MARCELA

MARCELA. ¿Puedo hablarte?
TEODORO.   Ocasión tal
mil imposibles allana;   890
  que por ti, Marcela mía,
la muerte me es agradable.

MARCELA.   Como yo te vea y hable,
            dos mil vidas perdería.
            Estuve esperando el día,   895
            como el pajarillo solo,
            y cuando vi que en el polo
            que Apolo más presto dora,
            le despertaba la aurora,
            dije: «Yo veré mi Apolo.»   900
               Grandes cosas han pasado;
            que no se quiso acostar
            la condesa hasta dejar
            satisfecho su cuidado.
            Amigas que han envidiado   905
            mi dicha con deslealtad,
            le han contado la verdad:
            que entre quien sirve, aunque veas
            que hay amistad, no la creas,
            porque es fingida amistad.   910
               Todo lo sabe en efeto;
            que si es Diana la luna,
            siempre a quien ama importuna,
            salió y vio nuestro secreto.
            Pero será, te prometo,   915
            para mayor bien, Teodoro;
            que del honesto decoro
            con que tratas de casarte
            le di parte, y dije aparte
            cuán tiernamente te adoro.   920
               Tus prendas le encarecí,
            tu estilo, tu gentileza,
            y ella entonces su grandeza
            mostró tan piadosa en mí,

897-98 *Polo:* cielo; *Apolo:* personificación del Sol; es divinidad consagrada a la música, la poesía y la elocuencia.

912 *Diana:* etimológicamente significa «luz diurna»; es la diosa lunar. Su hermano es Apolo: el Sol. Diana es asimismo la diosa virgen; también la diosa de los bosques y de la caza.

que se alegró de que en ti   925
hubiese los ojos puesto,
y de casarnos muy presto
palabra también me dio,
luego que de mí entendió
que era tu amor tan honesto.   930
   Yo pensé que se enojara
y la casa revolviera,
que a los dos nos despidiera
y a los demás castigara;
mas su sangre ilustre y clara,   935
y aquel ingenio en efeto
tan prudente y tan perfeto,
conoció lo que mereces.
¡Oh, bien haya (¡amén mil veces!)
quien sirve a señor discreto!   940

TEODORO.   ¿Qué casarme prometió
contigo?

MARCELA.   ¿[Pues] pones duda
que a su ilustre sangre acuda?

TEODORO.   Mi ignorancia me engañó,
que necio pensaba yo   945
que hablaba en mí la condesa.
De haber pensado me pesa
que pudo tenerme amor;
que nunca tan alto azor
se humilla a tan baja presa.   950

MARCELA.   ¿Qué murmuras entre ti?

TEODORO.   Marcela, conmigo habló,
pero no se declaró
en darme a entender que fui
el que embozado salí   955
anoche de su aposento.

MARCELA.   Fue discreto pensamiento,
por no obligarse al castigo
de saber que hablé contigo,
si no lo es el casamiento;   960
   que el castigo más piadoso

	de dos que se quieren bien	
	es casarlos.	
TEODORO.	Dices bien,	
	y el remedio más honroso.	
MARCELA.	¿Querrás tú?	
TEODORO.	Seré dichoso.	965
MARCELA.	Confírmalo.	
TEODORO.	Con los brazos,	
	que son los rasgos y lazos	
	de la pluma del amor,	
	pues no hay rúbrica mejor	
	que la que firman los brazos.	970

Sale la condesa.

DIANA.   Esto se ha enmendado bien;
agora estoy muy contenta,
que siempre a quien reprehende
da gran gusto ver la enmienda.
No os turbéis ni os alteréis.   975
TEODORO. Dije, señora, a Marcela
que anoche salí de aquí
con tanto disgusto y pena
de que vuestra señoría
imaginase en su ofensa   980
este pensamiento honesto
para casarme con ella,
que me he pensado morir,
y dándome por respuesta
que mostrabas en casarnos   985
tu piedad y tu grandeza,
dile mis brazos, y advierte
que si mentirte quisiera,
no me faltara un engaño,

_____

967   *rasgos:* las varias líneas que sirven de adorno de las letras.

	pero no hay cosa que venza,	990
	como decir la verdad,	
	a una persona discreta.	
DIANA.	Teodoro, justo castigo	
	la deslealtad mereciera	
	de haber perdido el respeto	995
	a mi casa, y la nobleza	
	que usé anoche con los dos	
	no es justo que parte sea	
	a que os atreváis ansí,	
	que en llegando a desvergüenza	1000
	el amor, no hay privilegio	
	que el castigo le defienda.	
	Mientras no os casáis los dos,	
	mejor estará Marcela	
	cerrada en un aposento;	1005
	que no quiero yo que os vean	
	juntos las demás criadas,	
	y que por ejemplo os tengan	
	para casárseme todas.	
	¡Dorotea! ¡Ah Dorotea!	1010

Sale DOROTEA.

DOROTEA.	Señora.	
DIANA.	Toma esta llave	
	y en mi propia cuadra encierra	
	a Marcela, que estos días	
	podrá hacer labor en ella.	
	No diréis que esto es enojo.	1015
DOROTEA.	¿Qué es esto, Marcela?	
MARCELA.	Fuerza	
	de un poderoso tirano	
	y una rigurosa estrella.	
	Enciérrame por Teodoro.	

1012   *cuadra:* cuarto interior de la casa.

DOROTEA.   Cárcel aquí no la temas,   1020
             y para puertas de celos
             tiene amor llave maestra.
DIANA.   En fin, Teodoro, ¿tú quieres
             casarte?
TEODORO.   Yo no quisiera
             hacer cosa sin tu gusto,   1025
             y créeme que mi ofensa
             no es tanta como te han dicho;
             que bien sabes que con lengua
             de escorpión pintan la envidia
             y que si Ovidio supiera   1030
             qué era servir, no en los campos,
             no en las montañas desiertas
             pintara su escura casa;
             que aquí habita y aquí reina.
DIANA.   Luego ¿no es verdad que quieres   1035
             a Marcela?
TEODORO.   Bien pudiera
             vivir sin Marcela yo.
DIANA.   Pues díceme que por ella
             pierdes el seso.
TEODORO.   Es tan poco
             que no es mucho que le pierda,   1040
             mas crea vuseñoría
             que, aunque Marcela merezca
             esas finezas en mí,
             no ha habido tantas finezas.
DIANA.   Pues ¿no le has dicho requiebros   1045
             tales que engañar pudieran
             a mujer de más valor?
TEODORO.   Las palabras poco cuestan.
DIANA.   ¿Qué le has dicho, por mi vida?
             ¿Cómo, Teodoro, requiebran   1050
             los hombres a las mujeres?
TEODORO.   Como quien ama y quien ruega,
             vistiendo de mil mentiras
             una verdad, y ésa apenas.

DIANA.	Sí, pero ¿con qué palabras?	1055
TEODORO.	Extrañamente me aprieta	
	vuseñoría. «Esos ojos	
	(le dije), esas niñas bellas,	
	son luz con que ven los míos»	
	y «los corales y perlas	1060
	desa boca celestial...»	
DIANA.	¿Celestial?	
TEODORO.	Cosas como éstas	
	son la cartilla, señora,	
	de quien ama y quien desea.	
DIANA.	Mal gusto tienes, Teodoro;	1065
	no te espantes de que pierdas	
	hoy el crédito conmigo,	
	porque sé yo que en Marcela	
	hay más defectos que gracias,	
	como la miro más cerca.	1070
	Sin esto, porque no es limpia,	
	no tengo pocas pendencias	
	con ella..., pero no quiero	
	desenamorarte de ella;	
	que bien pudiera decirte	1075
	cosa..., pero aquí se quedan	
	sus gracias o sus desgracias;	
	que yo quiero que la quieras	
	y que os caséis en buenhora,	
	mas pues de amador te precias,	1080
	dame consejo, Teodoro,	
	(¡ansí a Marcela poseas!)	
	para aquella amiga mía,	
	que ha días que no sosiega	
	de amores de un hombre humilde,	1085
	porque si en quererle piensa,	
	ofende su autoridad,	
	y si de quererle deja,	

1082   *ansi:* así.
1084   *ha días:* hace días.

	pierde el juicio de celos;	
	que el hombre, que no sospecha	1090
	tanto amor, anda cobarde,	
	aunque es discreto, con ella.	
TEODORO.	Yo, señora, ¿sé de amor?	
	No sé, por Dios, cómo pueda	
	aconsejarte.	
DIANA.	¿No quieres,	1095
	como dices, a Marcela?	
	¿No le has dicho esos requiebros?	
	Tuvieran lengua las puertas,	
	que ellas dijeran...	
TEODORO.	No hay cosa	
	que decir las puertas puedan.	1100
DIANA.	Ea, que ya te sonrojas,	
	y lo que niega la lengua	
	confiesas con las colores.	
TEODORO.	Si ella te lo ha dicho, es necia;	
	una mano le tomé,	1105
	y no me quedé con ella,	
	que luego se la volví;	
	no sé yo de qué se queja.	
DIANA.	Sí, pero hay manos que son	
	como la paz de la Iglesia,	1110
	que siempre vuelven besadas.	
TEODORO.	Es necísima Marcela;	
	es verdad que me atreví,	
	pero con mucha vergüenza,	
	a que templase la boca	1115
	con nieve y con azucenas.	
DIANA.	¿Con azucenas y nieve?	
	Huelgo de saber que tiempla	

1103 *las colores:* se vacila en esta época en el género de este vocablo.

1110 *paz de la Iglesia:* expresión que se usa en la ceremonia religiosa de la misa solemne cuando el celebrante besa la patena y la pasa al diácono, y éste al subdiácono.

1118 *tiempla:* templa.

	ese emplasto el corazón.	
	Ahora bien, ¿qué me aconsejas?	1120
TEODORO.	Que si esa dama que dices	
	hombre tan bajo desea,	
	y de quererle resulta	
	a su honor tanta bajeza,	
	haga que con un engaño,	1125
	sin que la conozca, pueda	
	gozarle.	
DIANA.	Queda el peligro	
	de presumir que lo entienda.	
	¿No será mejor matarle?	
TEODORO.	De Marco Aurelio se cuenta	1130
	que dio a su mujer Faustina,	
	para quitarle la pena,	
	sangre de un esgrimidor;	
	pero estas romanas pruebas	
	son buenas entre gentiles.	1135
DIANA.	Bien dices; que no hay Lucrecias,	
	ni Torcatos, ni Virginios	
	en esta edad, y en aquélla	
	hubo Faustinas, Teodoro,	
	Mesalinas y Popeas.	1140
	Escríbeme algún papel	
	que a este propósito sea,	
	y queda con Dios. ¡Ay Dios!	

1119   *emplasto:* medicamento que, compuesto de varias drogas, molidas y bien mezcladas, se ponían sobre la parte doliente del cuerpo. Véase v. 1385.

1130-32   Alusión a Faustina, quien, dolorida por la muerte de su hijo, Marco Aurelio, la divierte organizando lucha de gladiadores a las que asistían.

1136   *Lucrecia:* violada por Sexto Tarquino se suicida después de obtener tanto de su marido como de su padre una promesa de venganza. No pudo soportar la deshonra. Se trata de un lugar común en la cultura clásica. Véase v. 1597.

(*Caiga.*)

Caí. ¿Qué me miras? Llega,
dame la mano.

TEODORO.   El respeto   1145
me detuvo de ofrecella.

DIANA.   ¡Qué graciosa grosería
que con la capa la ofrezcas!

TEODORO.   Así cuando vas a misa
te la da Otavio.

DIANA.   Es aquella   1150
mano que yo no le pido,
y debe de haber setenta
años que fue mano y viene
amortajada por muerta.
Aguardar quien ha caído   1155
a que se vista de seda
es como ponerse un jaco
quien ve al amigo en pendencia,
que mientras baja, le han muerto;
demás que no es bien que tenga   1160
nadie por más cortesía,
aunque melindres lo aprueban,
que una mano, si es honrada,
traiga la cara cubierta.

TEODORO.   Quiero estimar la merced   1165
que me has hecho.

DIANA.   Cuando seas
escudero, la darás
en el ferreruelo envuelta;
que agora eres secretario;
con que te he dicho que tengas   1170
secreta aquesta caída,
si levantarte deseas.

_____

1157   *jaco* (o *xaco*): vestido corto que usaban los soldados. Iba ceñido
al cuerpo de tela muy gruesa y tosca, hecho de pelo de cabras.
1168   *ferreruelo:* capa más bien corta que larga, con sólo cuello sin
capilla.

Váyase.

TEODORO.   ¿Puedo creer que aquesto es verdad? Puedo,
si miro que es mujer Diana hermosa.
Pidió mi mano, y la color de rosa,   1175
al dársela, robó del rostro el miedo.
    Tembló; yo lo sentí; dudoso quedo.
¿Qué haré? Seguir mi suerte venturosa;
si bien, por ser la empresa tan dudosa,
niego al temor lo que al valor concedo.   1180
    Mas dejar a Marcela es caso injusto;
que las mujeres no es razón que esperen
de nuestra obligación tanto disgusto.
    Pero si ellas nos dejan cuando quieren
por cualquiera interés o nuevo gusto,   1185
mueran también como los hombres mueren.

ACTO SEGUNDO

Salen el conde FEDERICO *y* LEONIDO, *criado.*

FEDERICO. ¿Aquí la viste?

LEONIDO. Aquí entró,
como el alba por un prado,
que a su tapete bordado
la primera luz le dio,   1190
     y según la devoción,
no pienso que tardarán,
que conozco al capellán
y es más breve que es razón.

FEDERICO. ¡Ay si la pudiese hablar!   1195

LEONIDO. Siendo tú su primo, es cosa
acompañarla forzosa.

FEDERICO. El pretenderme casar
     ha hecho ya sospechoso
mi parentesco, Leonido;   1200
que antes de haberla querido
nunca estuve temeroso.
     Verás que un hombre visita
una dama libremente
por conocido o pariente   1205
mientras no la solicita,
     pero en llegando a querella,
aunque de todos se guarde,

menos entra y más cobarde,
y apenas habla con ella.   1210
  Tal me ha sucedido a mí
con mi prima la condesa,
tanto, que de amar me pesa,
pues lo más del bien perdí,
  pues me estaba mejor vella   1215
tan libre como solía.

Sale el marqués RICARDO, *y* CELIO.

CELIO.   A pie digo que salía
y alguna gente con ella.
RICARDO.   Por estar la iglesia enfrente,
y por preciarse del talle,   1220
ha querido honrar la calle.
CELIO.   ¿No has visto por el oriente
  salir serena mañana
el sol con mil rayos de oro,
cuando dora el blanco toro   1225
que pace campos de grana?
  —que así llamaba un poeta
los primeros arreboles.
Pues tal salió con dos soles,
más hermosa y más perfecta   1230
  la bellísima Diana,
la condesa de Belflor.
RICARDO.   Mi amor te ha vuelto pintor
de tan serena mañana,
  y hácesla sol con razón,   1235
porque el sol en sus caminos
va pasando varios signos,
que sus pretendientes son.
  Mira que allí Federico
aguarda sus rayos de oro.   1240

1226   *pace campos de grana?:* obvia referencia, de nuevo, del estilo de
Góngora; en concreto se alude a los tan comentados primeros versos de
la *Soledad* I.

CELIO.	¿Cuál de los dos será el toro
	a quien hoy al sol aplico?
RICARDO.	Él por primera afición,
	aunque del nombre se guarde,
	que yo, por entrar más tarde,	1245
	seré el signo del león.
FEDERICO.	¿Es aquél Ricardo?
LEONIDO.	Él es.
FEDERICO.	Fuera maravilla rara
	que deste puesto faltara.
LEONIDO.	Gallardo viene el marqués.	1250
FEDERICO.	No pudieras decir más,
	si tú fueras el celoso.
LEONIDO.	¿Celos tienes?
FEDERICO.	¿No es forzoso?
	De alabarle me los das.
LEONIDO.	Si a nadie quiere Diana,	1255
	¿de qué los puedes tener?
FEDERICO.	De que le puede querer,
	que es mujer.
LEONIDO.	Sí, mas tan vana,
	tan altiva y desdeñosa,
	que a todos os asegura.	1260
FEDERICO.	Es soberbia la hermosura.
LEONIDO.	No hay ingratitud hermosa.
CELIO.	Diana sale, señor.
RICARDO.	Pues tendrá mi noche día.
CELIO.	¿Hablarásla?
RICARDO.	Eso querría,	1265
	si quiere el competidor.

Salen OTAVIO, FABIO, TEODORO, *la condesa y detrás,* MAR-
CELA, ANARDA *con mantos; llegue el conde por un lado.*

| FEDERICO. | Aquí aguardaba con deseo de veros. |
| DIANA. | Señor conde, seáis muy bien hallado. |

1242   *aplico:* en lo forense, adjudicar bienes o efectos.

RICARDO.	Y yo, señora, con el mismo agora
	a acompañaros vengo y a serviros.

1270

DIANA.	Señor marqués, ¿qué dicha es esta mía?
	¿Tanta merced?
FEDERICO.	Bien debe a mi deseo
	vuseñoría este cuidado.
FEDERICO.	Creo
	que no soy bien mirado y admitido.
LEONIDO.	Háblala; no te turbes.
FEDERICO.	¡Ay Leonido!

1275

Quien sabe que no gustan de escuchalle
¿de qué te admiras que se turbe y calle?

*Todos se entren por la otra puerta acompañando
a la condesa, y quede allí* TEODORO.

TEODORO.	Nuevo pensamiento mío,
	desvanecido en el viento,
	que con ser mi pensamiento,

1280

de veros volar me río,
parad, detened el brío,
que os detengo y os provoco,
porque si el intento es loco,
de los dos lo mismo escucho,

1285

aunque donde el premio es mucho,
el atrevimiento es poco.
    Y si por disculpa dais
que es infinito el que espero,
averigüemos primero,

1290

pensamiento, en qué os fundáis.
¿Vos a quien servís amáis?
Diréis que ocasión tenéis,
si a vuestros ojos creéis;

1283 *provoco:* en sentido de llamar, incitar.

pues, pensamiento, decildes   1295
que sobre pajas humildes
torres de diamante hacéis.
   Si no me sucede bien,
quiero culparos a vos,
mas teniéndola los dos,   1300
no es justo que culpa os den;
que podréis decir también
cuando del alma os levanto,
y de la altura me espanto
donde el amor os subió,   1305
que el estar tan bajo yo
os hace a vos subir tanto.
   Cuando algún hombre ofendido
al que le ofende defiende,
que dio la ocasión se entiende;   1310
del dano que os ha venido,
sed en buenhora atrevido,
que aunque los dos nos perdamos,
esta disculpa llevamos:
que vos os perdéis por mí,   1315
y que yo tras vos me fui,
sin saber adónde vamos.
   Id en buenhora, aunque os den
mil muertes por atrevido;
que no se llama perdido   1320
el que se pierde tan bien.
Como [a] otros dan parabién
de lo que hallan, estoy tal
que de perdición igual
os le doy, porque es perderse   1325
tan bien que puede tenerse
envidia del mismo mal.

TRISTÁN.   Si en tantas lamentaciones
cabe un papel de Marcela,

1295 *decildes:* decidles, metátesis corriente en la versificación de la comedia. Se usa con frecuencia por efectos de rima.

que contigo se consuela   1330
de sus pasadas prisiones,
    bien te le daré sin porte,
porque a quien no ha menester,
nadie le procura ver,
a la usanza de la corte.   1335
    Cuando está en alto lugar
un hombre (y ¡qué bien lo imitas!),
¡qué le vienen de visitas
a molestar y a enfadar!
    Pero si mudó de estado,   1340
como es la fortuna incierta,
todos huyen de su puerta
como si fuese apestado.
    ¿Parécete que lavemos
en vinagre este papel?   1345

TEODORO.   Contigo necio, y con él
entrambas cosas tenemos.
    Muestra, que vendrá lavado,
si en tus manos ha venido.
(Lea.) «A Teodoro, mi marido.»   1350
¿Marido? ¡Qué necio enfado!
    ¡Qué necia cosa!

TRISTÁN.   Es muy necia.

TEODORO.   Pregúntale a mi ventura
si, subida a tanta altura,
esas mariposas precia.   1355

TRISTÁN.   Léele, por vida mía,
aunque ya estés tan divino;
que no se desprecia el vino
de los mosquitos que cría;

1346-49 El lavar en vinagre implicaba en boca de Tristán, y dada la
fuerza que se le atribuía (de quebrar rocas aplicando fuego sobre él), la
disolución de la misiva. Pero el papel en manos de Tristán, apicaradas
éstas como el vinagre, habrá sufrido, en boca de Teodoro, tales efectos:
cambio o trueque de algo bueno en malo.

	que yo sé cuando Marcela,	1360
	que llamas ya mariposa	
	era águila caudalosa.	
TEODORO.	El pensamiento, que vuela	
	a los mismos cercos de oro	
	del sol, tan baja la mira,	1365
	que aun de que la ve se admira.	
TRISTÁN.	Hablas con justo decoro,	
	mas ¿qué haremos del papel?	
TEODORO.	Esto.	
TRISTÁN.	¿Rasgástele?	
TEODORO.	Sí.	
TRISTÁN.	¿Por qué señor?	
TEODORO.	Porque ansí	1370
	respondí más presto a él.	
TRISTÁN.	Ése es injusto rigor.	
TEODORO.	Ya soy otro; no te espantes.	
TRISTÁN.	Basta, que sois los amantes	
	boticarios del amor;	1375
	que, como ellos las recetas,	
	vais ensartando papeles:	
	Récipe celos crueles,	
	agua de azules violetas.	
	Récipe un desdén extraño,	1380
	Sirupi del *borrajorum*,	
	con que la sangre *templorum*,	
	para asegurar el daño.	
	Récipe ausencia, tomad	
	un emplasto para el pecho;	1385
	que os hiciera más provecho	
	estaros en la ciudad.	

1378 *récipe:* receta de médico.

1381-82 *Sirupi del borrajorum:* agua de borrajas; es decir, cosa de poca o ninguna sustancia. Tristán parodia en estos versos, usando un latín vulgar, macarrónico *(borrajorum* de *borraginis),* las fórmulas latinas con que nominaban las recetas de farmacia; *templorum:* para templar, en el sentido de «agua de borrajas para templar la sangre».

Récipe de matrimonio:
allí es menester jarabes,
y tras diez días suaves   1390
purgalle con entimonio.
    Récipe *signus celeste,*
que *Capricornius dicetur:*
ese enfermo *morietur,*
si no es que paciencia preste.   1395
    Récipe que de una tienda
joya o vestido *sacabis:*
con tabletas *confortabis*
la bolsa que tal emprenda.
    A esta traza, finalmente,   1400
van todo el año ensartando.
Llega la paga; en pagando,
o viva o muera el doliente,
    se rasga todo papel.
Tú la cuenta has acabado,   1405
y el de Marcela has rasgado
sin saber lo que hay en él.

TEODORO.   Ya tú debes de venir
con el vino que otras veces.

TRISTÁN.   Pienso que te desvaneces   1410
con lo que intentas subir.

TEODORO.   Tristán, cuantos han nacido
su ventura han de tener;
no saberla conocer
es el no haberla tenido.   1415
    O morir en la porfía,
o ser conde de Belflor.

1391   *con entimonio:* un tipo de purga.

1392-93   *signus celeste:* por *signum* (signo celeste); es decir, receta con
signo celeste. *Capricornius dicetur:* que se dice de Capricornio, usando la
forma del genitivo («Capricornus») para efectos cómicos. Tristán ensarta
una lista bufonesca de recetas que se pueden aplicar a los mal enamora-
dos, como lo es Teodoro de Marcela. El latín macarrónico persiste en
«morietur» (v. 1394), «sacabis» (v. 1397) y «confortabis» (v. 1398).

TRISTÁN.	César llamaron, señor,
	a aquel duque que traía
	escrito por gran blasón: 1420
	«César o nada»; y en fin
	tuvo tan contrario el fin
	que al fin de su pretensión
	escribió una pluma airada,
	«César o nada, dijiste, 1425
	y todo, César, lo fuiste,
	pues fuiste César y nada.»
TEODORO.	Pues tomo, Tristán, la empresa,
	y haga después la fortuna
	lo que quisiere.

Salen MARCELA *y* DOROTEA.

DOROTEA.	Si a alguna 1430
	de tus desdichas le pesa,
	de todas las que servimos
	a la condesa, soy yo.
MARCELA.	En la prisión que me dio
	tan justa amistad hicimos, 1435
	y yo me siento obligada
	de suerte, mi Dorotea,
	que no habrá amiga que sea
	más de Marcela estimada.
	Anarda [piensa] que yo 1440
	no sé cómo quiere a Fabio,
	pues della nació mi agravio;
	que a la condesa contó
	los amores de Teodoro.
DOROTEA.	Teodoro está aquí.
MARCELA.	¡Mi bien! 1445
TEODORO.	Marcela, el paso detén.

1425-28 Expresión proverbial que alude a aquellos que prefieren los extremos (o «todo» o «nada»), reflejada en frase lapidaria, en latín («Aut Caesar, aut nihil»), que recoge el lexicógrafo Covarrubias en su *Tesoro de la lengua castellana o española*.

MARCELA.   ¿Cómo, mi bien, si te adoro,
            cuando a mis ojos te ofreces?
TEODORO.   Mira lo que haces y dices,
            que en palacio los tapices   1450
            han hablado algunas veces.
                ¿De qué piensas que nació
            hacer figuras en ellos?
            De avisar que detrás dellos
            siempre algún vivo escuchó.   1455
                Si un mudo viendo matar
            a un rey, su padre, dio voces,
            figuras que no conoces,
            pintadas sabrán hablar.
MARCELA.   ¿Has leído mi papel?   1460
TEODORO.   Sin leerle le he rasgado;
            que estoy tan escarmentado
            que rasgué mi amor con él.
MARCELA.   ¿Son los pedazos aquestos?
TEODORO.   Sí, Marcela.
MARCELA.   Y ya ¿mi amor   1465
            has rasgado?
TEODORO.   ¿No es mejor
            que vernos por puntos puestos
                en peligros tan extraños?
            Si tú de mi intento estás,
            no tratemos desto más   1470
            para excusar tantos daños.
MARCELA.   ¿Qué dices?
TEODORO.   Que estoy dispuesto
            a no darle más enojos
            a la condesa.
MARCELA.   En los ojos
            tuve muchas veces puesto   1475
                el temor desta verdad.
TEODORO.   Marcela, queda con Dios.

1467 *por puntos:* por instantes.

	Aquí acaba de los dos
	el amor, no el amistad.

MARCELA.   ¿Tú dices eso, Teodoro,   1480
                      a Marcela?

TEODORO.   Yo lo digo;
                      que soy de quietud amigo
                      y de guardar el decoro
                           a la casa que me ha dado
                      el ser que tengo.

MARCELA.   Oye, advierte.   1485

TEODORO.   Déjame.

MARCELA.   ¿De aquesta suerte
                      me tratas?

TEODORO.   ¡Qué necio enfado!

                          Váyase.

MARCELA.   ¡Ah Tristán, Tristán!

TRISTÁN.   ¿Qué quieres?

MARCELA.   ¿Qué es esto?

TRISTÁN.   Una mudancita;
                      que a las mujeres imita   1490
                      Teodoro.

MARCELA.   ¿Cuáles mujeres?

TRISTÁN.   Unas de azúcar y miel.

MARCELA.   Dile...

TRISTÁN.   No me digas nada,
                      que soy vaina desta espada,
                      nema de aqueste papel,   1495
                           caja de aqueste sombrero,
                      fieltro deste caminante,
                      mudanza deste danzante,
                      día deste vario hebrero,

1495   *nema:* sello; cerradura de una carta.
1497   *fieltro:* capa aguadera, de fieltro. Existía el «fieltro del camino».
1498   *mudanza:* serie de pasos y movimientos en el baile.

       sombra deste cuerpo vano,   1500
       posta de aquesta estafeta,
       rastro de aquesta cometa,
       tempestad deste verano,
        y finalmente, yo soy
       la uña de aqueste dedo,   1505
       que en cortándome, no puedo
       decir que con él estoy.

                Váyase

MARCELA.   ¿Qué sientes desto?
DOROTEA.   No sé,
       que a hablar no me atrevo.
MARCELA.   No.
       Pues yo hablaré.
DOROTEA.   Pues yo no.   1510
MARCELA.   Pues yo sí.
DOROTEA.   Mira que fue
       bueno el aviso, Marcela,
       de los tapices que miras.
MARCELA.   Amor en celosas iras
       ningún peligro recela.   1515
        A no saber cuán altiva
       es la condesa, dijera
       que Teodoro en algo espera,
       porque no sin causa priva
        tanto estos días Teodoro.   1520
DOROTEA.   Calla; que estás enojada.
MARCELA.   Mas yo me veré vengada,
       ni soy tan necia que ignoro
        las tretas de hacer pesar.

1501 *posta... estafeta:* caballo de correo. Véase v. 1910.
1508 *sientes:* en el sentido de juzgar, opinar; dar a las palabras o a
las acciones el sentido que les corresponde.
1519 *priva:* tener el favor de un alto personaje.

Sale FABIO.

FABIO.	¿Está el secretario aquí?	1525
MARCELA.	¿Es por burlarte de mí?	
FABIO.	¡Por Dios, que le ando a buscar!	
	Que le llama mi señora.	
MARCELA.	Fabio, que sea o no sea,	
	pregúntale a Dorotea	1530
	cuál puse a Teodoro agora.	
	¿No es majadero cansado	
	este secretario nuestro?	
FABIO.	¡Qué engaño tan necio el vuestro!	
	¿Querréis que esté deslumbrado	1535
	de los que los dos tratáis?	
	¿Es concierto de los dos?	
MARCELA.	¿Concierto? ¡Bueno!	
FABIO.	Por Dios,	
	que pienso que me engañáis.	
MARCELA.	Confieso, Fabio, que oí	1540
	las locuras de Teodoro,	
	mas yo sé que a un hombre adoro,	
	harto parecido a ti.	
FABIO.	¿A mí?	
MARCELA.	Pues ¿no te pareces	
	a ti?	
FABIO.	Pues ¿a mí, Marcela?	1545
MARCELA.	Si te hablo con cautela,	
	Fabio, si no me enloqueces,	
	si tu talle no me agrada,	
	si no soy tuya, mi Fabio,	
	máteme el mayor agravio,	1550
	que es el querer despreciada.	
FABIO.	Es engaño conocido,	
	o tú te quieres morir,	

1552   *conocido:* sabido y notorio; también manifiesto.

	pues quieres restituir	
	el alma que me has debido.	1555
	Si es burla o es invención,	
	¿a qué camina tu intento?	
DOROTEA.	Fabio, ten atrevimiento	
	y aprovecha la ocasión;	
	que hoy te ha de querer Marcela	1560
	por fuerza.	
FABIO.	Por voluntad	
	fuera amor, fuera verdad.	
DOROTEA.	Teodoro más alto vuela;	
	de Marcela se descarta.	
FABIO.	Marcela, a buscarle voy.	1565
	Bueno en sus desdenes soy;	
	si amor te convierte en carta,	
	el sobrescrito a Teodoro,	
	y en su ausencia, denla a Fabio;	
	mas yo perdono el agravio,	1570
	aunque ofenda mi decoro,	
	y de espacio te hablaré,	
	siempre tuyo en bien o en mal.	

Váyase.

DOROTEA.	¿Qué has hecho?	
MARCELA.	No sé; estoy tal,	
	que de mí misma no sé.	1575
	Anarda ¿no quiere a Fabio?	
DOROTEA.	Sí quiere.	
MARCELA.	Pues de los dos	
	me vengo, que amor es dios	
	de la envidia y del agravio.	

1568 *sobrescrito:* inscripción que se pone sobre la cubierta de la carta
para dirigirla.

Salen la condesa y ANARDA.

DIANA.	Ésta ha sido la ocasión;	1580
	no me reprehendas más.	
ANARDA.	La disculpa que me das	
	me ha puesto en más confusión.	
	Marcela está aquí, señora,	
	hablando con Dorotea.	1585
DIANA.	Pues no hay disgusto que sea	
	para mí mayor agora.	
	Salte allá afuera, Marcela.	
MARCELA.	Vamos, Dorotea, de aquí.	
	Bien digo yo que de mí	1590
	o se enfada o se recela.	

Váyanse MARCELA *y* DOROTEA.

ANARDA.	¿Puédote hablar?	
DIANA.	Ya bien puedes.	
ANARDA.	Los dos que de aquí se van	
	ciegos de tu amor están;	
	tú en desdeñarlos, excedes	1595
	la condición de Anajarte,	
	la castidad de Lucrecia;	
	y quien a tantos desprecia...	
DIANA.	Ya me canso de escucharte.	
ANARDA.	¿Con quién te piensas casar?	1600
	¿No puede el marqués Ricardo,	
	por generoso y gallardo,	
	si no exceder, igualar	
	al más poderoso y rico?	
	Y la más noble mujer,	1605
	¿también no lo puede ser	
	de tu primo Federico?	

1596 *Anajarte* (o Anajárete): figura mítica que por despreciar a su amante Ifis, quien se suicida, fue convertida en piedra. Alude al mito Garcilaso en la canción V (vv. 66 y sigs.), disfrutando de una larga tradición literaria.

¿Por qué los has despedido
con tan extraño desprecio?

DIANA. Porque uno es loco, otro necio,   1610
y tú, en no haberme entendido,
    más, Anarda, que los dos.
No los quiero, porque quiero,
y quiero porque no espero
remedio.

ANARDA.   ¡Válame Dios!   1615
    ¿Tú quieres?

DIANA.   ¿No soy mujer?

ANARDA. Sí, pero imagen de hielo,
donde el mismo sol del cielo
podrá tocar y no arder.

DIANA.   Pues esos hielos, Anarda,   1620
dieron todos a los pies
de un hombre humilde.

ANARDA.   ¿Quién es?

DIANA. La vergüenza me acobarda
    que de mi propio valor
tengo; no diré su nombre;   1625
basta que sepas que es hombre,
que puede infamar mi honor.

ANARDA.   Si Pasife quiso un toro,
Semíramis un caballo,
y otras los monstros que callo   1630
por no infamar su decoro,
    ¿qué ofensa te puede hacer
querer hombre, sea quien fuere?

DIANA. Quien quiere, puede, si quiere,
como quiso, aborrecer.   1635

1628 *Pasife:* mujer de Minos, quien hizo construir el laberinto.
1629 *Semíramis:* reina de Asiria cuya fama de hermosura pasó a ser
legendaria.

                    Esto es lo mejor: yo quiero
                    no querer.
ANARDA.   ¿Podrás?
DIANA.   Podré,
                    que si cuando quise amé,
                    no amar en queriendo espero.

                    Toquen dentro.

                    ¿Quién canta?
ANARDA.   Fabio con Clara.   1640
DIANA.   ¡Ojalá que me diviertan!
ANARDA.   Música y amor conciertan
                    bien; en la canción repara.

                    Canten dentro.

                    ¡Oh quién pudiera hacer, oh quién hiciese
                    que en no queriendo amar aborreciese!   1645
                    ¡Oh quién pudiera hacer, oh quién hiciera
                    que en no queriendo amar aborreciera!
ANARDA.   ¿Qué te dice la canción?
                    ¿No ves que te contradice?
DIANA.   Bien entiendo lo que dice,   1650
                    mas yo sé mi condición,
                        y sé que estará en mi mano,
                    como amar, aborrecer.

_____

    1644-47 Eugenio Asensio aporta el texto original «¡Quién pudiese, o
quién hiciese / que no queriendo querer, / que no quisiese!», que Lope
adopta, y que incluye el cancionero de Alonso Núñez. Lope, concluye
Asensio, «ha transformado el trístico de la cabeza —compuesto de dos
octosílabos y un quebrado— mediante la inserción de un *hacer* y dos *oh*
en un pareado de endecasílabos, que luego ha sometido a una variación
paralelística. Si con ello quiso adaptar el texto a una canción italiana, o
meramente dar color local a una acción situada en Nápoles, lo ignoramos.
Otra leve modificación, característica de su visión dramática, es oponer a
la pasión, en lugar de la indiferencia y frialdad amorosa, el aborrecimien-
to: «que en no queriendo amar aborreciese».

ANARDA.	Quien tiene tanto poder
	pasa del límite humano. 1655

TEODORO *entre.*

TEODORO.	Fabio me ha dicho, señora,
	que le mandaste buscarme.
DIANA.	Horas ha que te deseo.
TEODORO.	Pues ya vengo a que me mandes,
	y perdona si he faltado. 1660
DIANA.	Ya has visto a estos dos amantes,
	estos dos mis pretendientes.
TEODORO.	Sí, señora.
DIANA.	Buenos talles
	tienen los dos.
TEODORO.	Y muy buenos.
DIANA.	No quiero determinarme 1665
	sin tu consejo. ¿Con cuál
	te parece que me case?
TEODORO.	Pues ¿qué consejo, señora,
	puedo yo en las cosas darte
	que consisten en tu gusto? 1670
	Cualquiera que quieras darme
	por dueño, será el mejor.
DIANA.	Mal pagas el estimarte
	por consejero, Teodoro,
	en caso tan importante. 1675
TEODORO.	Señora, en casa, ¿no hay viejos
	que entienden de casos tales?
	Otavio, tu mayordomo,
	con experiencia lo sabe,
	fuera de su larga edad. 1680
DIANA.	Quiero yo que a ti te agrade
	el dueño que has de tener.
	¿Tiene el marqués mejor talle
	que mi primo?
TEODORO.	Sí, señora.

DIANA.	Pues elijo al marqués; parte,	1685
	y pídele las albricias.	

Váyase la condesa.

TEODORO.	¿Hay desdicha semejante?	
	¿Hay resolución tan breve?	
	¿Hay mudanza tan notable?	
	¿Estos eran los intentos	1690
	que tuve? ¡Oh sol, abrasadme	
	las alas con que subí	
	(pues vuestro rayo deshace	
	las mal atrevidas plumas)	
	a la belleza de un ángel!	1695
	Cayó Diana en su error.	
	¡Oh, qué mal hice en fiarme	
	de una palabra amorosa!	
	¡Ay! ¡Cómo entre desiguales	
	mal se concierta el amor!	1700
	Pero ¿es mucho que me engañen	
	aquellos ojos a mí,	
	si pudieran ser bastantes	
	a hacer engaños a Ulises?	
	De nadie puedo quejarme	1705
	sino de mí, pero en fin,	
	¿qué pierdo cuando me falte?	
	Haré cuenta que he tenido	
	algún accidente grave,	
	y que mientras me duró,	1710
	imaginé disparates.	

1691-95 Nueva referencia al mito de Faetonte, con quien se compara Teodoro en su ambición por el amor de Diana.

1704 *engaños a Ulises?:* fue éste el héroe de la *La Ilíada*, consagrado como sagaz y sumamente prudente.

1709 *accidente:* indisposición que de repente sobreviene al hombre.

No más; despedíos de ser,
oh pensamiento arrogante,
conde de Belflor; volved
la proa a la antigua margen;   1715
queramos nuestra Marcela;
para vos Marcela baste.
Señoras busquen señores;
que amor se engendra de iguales;
y pues en aire [nacisteis],   1720
quedad convertido en aire;
que donde méritos faltan,
los que piensan subir, caen.

Sale FABIO.

FABIO.   ¿Hablaste ya con mi señora?
TEODORO.   Agora,
Fabio, la hablé, y estoy con gran contento,   1725
porque ya la condesa mi señora
rinde su condición al casamiento.
Los dos que viste, cada cual la adora,
mas ella, con su raro entendimiento,
al marqués escogió.
FABIO.   Discreta ha sido.   1730
TEODORO.   Que gane las albricias me ha pedido,
    mas yo, que soy tu amigo, quiero darte,
Fabio, aqueste provecho; parte presto,
y pídelas por mí.
FABIO.   Si debo amarte,
muestra la obligación en que me has puesto.   1735
Voy como un rayo, y volveré a buscarte,
satisfecho de ti, contento desto.

1715 *margen:* orilla.
1731 *albricias:* dádivas o regalos que se dan al que trae una buena
noticia o anuncia un buen suceso.

Y alábese el marqués, que ha sido empresa
de gran valor rendirse la condesa.

Vase FABIO *y sale* TRISTÁN.

TRISTÁN.	Turbado a buscarte vengo.	1740

¿Es verdad lo que me han dicho?

TEODORO. ¡Ay Tristán! Verdad será,
si son desengaños míos.

TRISTÁN. Ya, Teodoro, en las dos sillas
los dos batanes he visto   1745
que molieron a Diana,
pero que hubiese elegido,
hasta agora no lo sé.

TEODORO. Pues, Tristán, agora vino
ese tornasol mudable,   1750
esa veleta, ese vidrio,
ese río junto al mar,
que vuelve atrás, aunque es río;
esa Diana, esa luna,
esa mujer, ese hechizo,   1755
ese monstro de mudanzas,
que sólo perderme quiso
por afrentar sus victorias;
y que dijese me dijo
cuál de los dos me agradaba,   1760
porque sin consejo mío
no se pensaba casar.
Quedé muerto y tan perdido
que no responder locuras

1745 *batanes:* máquina compuesta por unos gruesos mazos de madera
que golpean en un pilón los paños para que se clareen, pierdan el aceite
y se tupan. Son movidos los mazos por una rueda que pone en acción la
corriente de un río o de un arroyo. Recuérdese el episodio que presenta
El Quijote relacionado con el fuerte ruido que hacía este instrumento, en
medio de Sierra Morena (I, 22).
1750 *tornasol:* girasol.

	fue de mi locura indicio;	1765
	díjome, en fin, que el marqués	
	le agradaba y que yo mismo	
	fuese a pedir las albricias.	
TRISTÁN.	Ella, en fin, ¿tiene marido?	
TEODORO.	El marqués Ricardo.	
TRISTÁN.	Pienso	1770
	que a no verte sin juicio	
	y porque dar aflicción	
	no es justo a los afligidos,	
	que agora te diera vaya	
	de aquel pensamiento altivo	1775
	con que a ser conde aspirabas.	
TEODORO.	Si aspiré, Tristán, ya expiro.	
TRISTÁN.	La culpa tienes de todo.	
TEODORO.	No lo niego, que yo he sido	
	fácil en creer los ojos	1780
	de una mujer.	
TRISTÁN.	Yo te digo	
	que no hay vasos de veneno	
	a los mortales sentidos,	
	Teodoro, como los ojos	
	de una mujer.	
TEODORO.	De corrido,	1785
	te juro, Tristán, que apenas	
	puedo levantar los míos.	
	Esto pasó y el remedio	
	es sepultar en olvido	
	el suceso y el amor.	1790
TRISTÁN.	¡Qué arrepentido y contrito	
	has de volver a Marcela!	
TEODORO.	Presto seremos amigos.	

1774 *te diera vaya:* burlarse de alguno. En toscano, de acuerdo con
Corominas *(Breve diccionario etimológico)*, «baye» equivale a burla.
1785 *De corrido:* estar avergonzado.

Sale MARCELA.

MARCELA.   ¡Qué mal que finge amor quien no le tiene!
             ¡Qué mal puede olvidarse amor de un año,   1795
             pues mientras más el pensamiento engaño,
             más atrevido a la memoria viene!

                 Pero si es fuerza y al honor conviene,
             remedio suele ser del desengaño
             curar el propio amor amor extraño;   1800
             que no es poco remedio el que entretiene.

                 Mas ¡ay! que imaginar que puede amarse
             en medio de otro amor es atreverse
             a dar mayor venganza por vengarse.

                 Mejor es esperar que no perderse,   1805
             que suele alguna vez, pensando helarse,
             amor con los remedios encenderse.

TEODORO.   Marcela.
MARCELA.   ¿Quién es?
TEODORO.   Yo soy.
             ¿Así te olvidas de mí?
MARCELA.   Y tan olvidada estoy,   1810
             que a no imaginar en ti
             fuera de mí misma voy.

                 Porque si en mí misma fuera,
             te imaginara y te viera,
             que para no imaginarte,   1815
             tengo el alma en otra parte,
             aunque olvidarte no quiera.

                 ¿Cómo me osaste nombrar?
             ¿Cómo cupo en esa boca
             mi nombre?
TEODORO.   Quise probar   1820
             tu firmeza, y es tan poca
             que no me ha dado lugar.

_____
1822 *ha dado lugar:* ocasión, oportunidad.

Ya dicen que se empleó
tu cuidado en un sujeto
que mi amor sostituyó.   1825

MARCELA.   Nunca, Teodoro, el discreto
          mujer ni vidrio probó.

Mas no me des a entender
que prueba quisiste hacer;
yo te conozco, Teodoro;   1830
unos pensamientos de oro
te hiceron enloquecer.

¿Cómo te va? ¿No te salen
como tú los imaginas?
¿No te cuestan lo que valen?   1835
¿No hay dichas que las divinas
partes de tu dueño igualen?

¿Qué ha sucedido? ¿Qué tienes?
Turbado, Teodoro, vienes.
¿Mudóse aquel vendaval?   1840
¿Vuelves a buscar tu igual,
o te burlas y entretienes?

Confieso que me holgaría
que dieses a mi esperanza,
Teodoro, un alegre día.   1845

TEODORO.   Si le quieres con venganza,
          ¿qué mayor, Marcela mía?

Pero mira que el amor
es hijo de la nobleza;
no muestres tanto rigor;   1850
que es la venganza bajeza,
indigna del vencedor.

Venciste: yo vuelvo a ti,

1824   *cuidado:* pensamiento, atención amorosa.

1826-27   El pasaje asocia el tema principal de *El curioso impertinente,*
novela ejemplar de Cervantes.

1837   *partes:* prendas o dotes naturales.

      Marcela, que no salí
      con aquel mi pensamiento.   1855
      Perdona el atrevimiento,
      si ha quedado amor en ti.
       No porque no puede ser
      proseguir las esperanzas
      con que te pude ofender,   1860
      mas porque en estas mudanzas
      memorias me hacen volver.
       Sean, pues, estas memorias
      parte a despertar la tuya,
      pues confieso tus victorias.   1865
MARCELA. No quiera Dios que destruya
      los principios de tus glorias.
       Sirve, bien haces, porfía,
      no te rindas, que dirá
      tu dueño que es cobardía;   1870
      sigue tu dicha, que ya
      voy prosiguiendo la mía.
       No es agravio amar a Fabio,
      pues me dejaste, Teodoro,
      sino el remedio más sabio,   1875
      que aunque el dueño no mejoro,
      basta vengar el agravio.
       Y quédate a Dios; que ya
      me cansa el hablar contigo;
      no venga Fabio, que está   1880
      medio casado conmigo.
TEODORO. Tenla, Tristán; que se va.
TRISTÁN. Señora, señora, advierte
      que no es volver a quererte
      dejar de haberte querido.
      Disculpa el buscarte ha sido,   1885
      si ha sido culpa ofenderte.

1854-55 *que no salí / con:* en el sentido de no lograr, no conseguir.
1863-64 *Sean... parte a despertar:* sean eficaces.

	Óyeme, Marcela, a mí.
MARCELA.	¿Qué quieres, Tristán?
TRISTÁN.	Espera.

Salen la condesa y ANARDA.

DIANA.	¡Teodoro y Marcela aquí!	1890
ANARDA.	¿Parece que el ver te altera	
	que estos dos se hablen ansí?	
DIANA.	Toma, Anarda, esa antepuerta,	
	y cubrámonos las dos.	
	Amor con celos despierta.	1895
MARCELA.	Déjame, Tristán, por Dios	
ANARDA.	Tristán a los dos concierta,	
	que deben de estar reñidos.	
DIANA.	El alcahuete lacayo	
	me ha quitado los sentidos	1900
TRISTÁN.	No pasó más presto el rayo	
	que por sus ojos y oídos	
	pasó la necia belleza	
	desa mujer que le adora.	
	Ya desprecia su riqueza,	1905
	que más riqueza atesora	
	tu gallarda gentileza.	
	Haz cuenta que fue cometa	
	aquel amor. Ven acá,	
	Teodoro.	
DIANA.	¡Brava estafeta	1910
	es el lacayo!	
TEODORO.	Si ya	
	Marcela, a Fabio sujeta,	
	dice que le tiene amor,	
	¿por qué me llamas, Tristán?	
TRISTÁN.	¡Otro enojado!	

1893 *antepuerta:* el repostero o paño que se pone delante de la puerta.

TEODORO.	Mejor;	1915
	los dos casarse podrán.	
TRISTÁN.	¿Tú también? ¡Bravo rigor!	
	Ea, acaba, llega pues,	
	dame esa mano, y después	
	que se hagan las amistades.	1920
TEODORO.	Necio, ¿tú me persuades?	
TRISTÁN.	Por mí quiero que le des	
	la mano esta vez, señora.	
TEODORO.	¿Cuándo he dicho yo a Marcela	
	que he tenido a nadie amor?	1925
	Y ella me ha dicho...	
TRISTÁN.	Es cautela	
	para vengar tu rigor.	
MARCELA.	No es cautela; que es verdad.	
TRISTÁN.	Calla, boba; ea, llegad.	
	¡Qué necios estáis los dos!	1930
TEODORO.	Yo rogaba; mas por Dios,	
	que no he de hacer amistad.	
MARCELA.	Pues a mí me pase un rayo.	
TRISTÁN.	No jures.	
MARCELA.	Aunque le muestro	
	enojo, ya me desmayo.	1935
TRISTÁN.	Pues tente firme.	
DIANA.	¡Qué diestro	
	está el bellaco lacayo!	
MARCELA.	Déjame, Tristán; que tengo	
	que hacer.	
TEODORO.	Déjala, Tristán.	
TRISTÁN.	Por mí, vaya.	
TEODORO.	Tenla.	
MARCELA.	Vengo,	1940
	mi amor.	
TRISTÁN.	¿Cómo no se van	
	ya que a ninguno detengo?	
MARCELA.	¡Ay, mi bien! ni puedo irme.	
TEODORO.	Ni yo, porque no es tan firme	
	ninguna roca en la mar.	1945

MARCELA.   Los brazos te quiero dar.
TEODORO.   Y yo a los tuyos asirme.
TRISTÁN.   Si yo no era menester
            ¿por qué me [hicisteis] cansar?
ANARDA.   ¿Desto gustas?
DIANA.   Vengo a ver   1950
            lo poco que hay que fiar
            de un hombre y una mujer.
TEODORO.   ¡Ay! ¡Qué me has dicho de afrentas!
TRISTÁN.   Yo he caído ya con veros
            juntar las almas contentas,   1955
            que es desgracia de terceros
            no se concertar las ventas.
MARCELA.   Si te trocare, mi bien,
            por Fabio, ni por el mundo,
            que tus agravios me den   1960
            la muerte.
TEODORO.   Hoy de nuevo fundo,
            Marcela, mi amor también,
                y si te olvidare, digo
            que me dé el cielo en castigo
            el verte en brazos de Fabio   1965
MARCELA.   ¿Quieres deshacer mi agravio?
TEODORO.   ¿Qué no haré por ti y contigo?
MARCELA.   Di que todas las mujeres
            son feas.
TEODORO.   Contigo, es claro.
            Mira qué otra cosa quieres.   1970
MARCELA.   En ciertos celos reparo,
            ya que tan mi amigo eres;
                que no importa que esté aquí
            Tristán.
TRISTÁN.   Bien podéis por mí,
            aunque de mí mismo sea.   1975
MARCELA.   Di que la condesa es fea.
TEODORO.   Y un demonio para mí.

1954   *he caído:* en el sentido de advertir, comprender.

MARCELA.	¿No es necia?
TEODORO.	Por todo extremo.
MARCELA.	¿No es bachillera?
TEODORO.	Es cuitada.
DIANA.	Quiero estorbarlos, que temo 1980
	que no reparen en nada,
	y aunque me hielo, me quemo.
ANARDA.	¡Ay señora! No hagas tal.
TRISTÁN.	Cuando queráis decir mal
	de la condesa y su talle, 1985
	a mí me oíd.
DIANA.	¿Escuchalle
	podré desvergüenza igual?
TRISTÁN.	Lo primero...
DIANA.	Yo no aguardo
	a lo segundo, que fuera
	necedad.
MARCELA.	Voyme, Teodoro. 1990

Váyase con una reverencia MARCELA.

TRISTÁN.	¿La condesa?
TEODORO.	¡La condesa!
DIANA.	Teodoro...
TEODORO.	Señora, advierte...
TRISTÁN.	El cielo a tronar comienza;
	no pienso aguardar los rayos.

Vase TRISTÁN.

DIANA.	Anarda, un bufete llega. 1995
	Escribiráme Teodoro

1995 *bufete:* mesa grande, o a lo menos mediana y portatil. Sirve para estudiar, para escribir y para comer.

1996-97 Kossoff *(ed.)* establece una posible relación entre los dos versos y el conocido romance en torno al conde Julián («En Ceuta está don Julián»), quien mata al escribano moro. Sin embargo, los dos versos son formularios; se ajustan al discurso narrativo generalizado de un buen número de romances.

	una carta de su letra,
	pero notándola yo.
TEODORO.	Todo el corazón me tiembla,
	si oyó lo que hablado habemos.

2000

DIANA.	Bravamente amor despierta
	con los celos a los ojos.
	¡Que aqueste amase a Marcela,
	y que yo no tenga partes
	para que también me quiera!

2005

	¡Que se burlasen de mí!
TEODORO.	Ella murmura y se queja;
	bien digo yo que en palacio,
	para que a callar aprenda,
	tapices tienen oídos

2010

y paredes tienen lenguas.

Sale ANARDA *con un bufetillo pequeño y recado de escribir.*

ANARDA.	Este pequeño he traído
	y tu escribanía.
DIANA.	Llega,
	Teodoro, y toma la pluma.
TEODORO.	Hoy me mata o me destierra.

2015

DIANA.	Escribe.
TEODORO.	Di.
DIANA.	No estás bien
	con la rodilla en la tierra;
	ponle, Anarda, una almohada.

1998   *notándola:* es decir, dictándola.

2013   *escribanía:* el cajón, escritorio o papelera donde se guardan los papeles e instrumentos para escribir: tintero, salvadera, caja para oblea, campanilla, y en medio un cañón para poner las plumas, y un tintero con su tapa, pendientes de una cinta.

2017-22   Se alude a la práctica, ya condenada, de hacerse servir por criados de rodillas; *sobre:* además de, después de.

TEODORO.	Yo estoy bien.
DIANA.	Pónsela, necia.
TEODORO.	No me agrada este favor 2020
	sobre enojos y sospechas;
	que quien honra las rodillas,
	cortar quiere la cabeza.
	Yo aguardo.
DIANA.	Yo digo ansí.
TEODORO.	Mil cruces hacer quisiera. 2025

Siéntese la condesa en una silla alta. Ella diga y él vaya
escribiendo.

DIANA.	«Cuando una mujer principal se ha
	declarado con un hombre humilde,
	eslo mucho el término de volver a
	hablar con otra, mas quien no esti-
	ma su fortuna, quédese para necio.»
TEODORO.	¿No dices más?
DIANA.	Pues ¿qué más?
	El papel, Teodoro, cierra.
ANARDA.	¿Qué es esto que haces, señora?
DIANA.	Necedades de amor llenas.
ANARDA.	Pues ¿a quién tienes amor? 2030
DIANA.	¿Aún no le conoces, bestia?
	Pues yo sé que le murmuran
	de mi casa hasta las piedras.
TEODORO.	Ya el papel está cerrado;
	sólo el sobrescrito resta. 2035
DIANA.	Pon, Teodoro, para ti,
	y no lo entienda Marcela;
	que quizá le entenderás
	cuando de espacio le leas.

2025 *Mil cruces:* acto de santiguarse repetidas veces como para evitar algún mal o daño.

2028   *eslo:* es decir, lo es; *término:* modo de hablar o portarse en el trato común.

Váyase y quede solo y entre MARCELA.

TEODORO.   ¡Hay confusión tan extraña!   2040
             ¡Que aquesta mujer me quiera
             con pausas, como sangría,
             y que tenga intercadencias
             el pulso de amor tan grandes!

             Sale MARCELA.

MARCELA.   ¿Qué te ha dicho la condesa,   2045
             mi bien? que he estado temblando
             detrás de aquella antepuerta.
TEODORO.   Díjome que te quería
             casar con Fabio, Marcela,
             y este papel que escribí   2050
             es que despacha a su tierra
             por los dineros del dote.
MARCELA.   ¿Qué dices?
TEODORO.   Sólo que sea
             para bien, y pues te casas,
             que de burlas ni de veras   2055
             tomes mi nombre en tu boca.
MARCELA.   Oye.
TEODORO.   Es tarde para quejas.

             Váyase.

MARCELA.   No, no puedo yo creer
             que aquesta la ocasión sea.
             Favores de aquesta loca   2060
             le han hecho dar esta vuelta;
             que él está como arcaduz,
             que cuando baja, le llena
             del agua de su favor,
             y cuando sube, le mengua.   2065

2043 *intercadencias:* la disigualdad del pulso en el enfermo.
2062 *arcaduz:* cangilón de la noria.

¡Ay de mí, Teodoro ingrato,
que luego que su grandeza
te toca al arma, me olvidas!
Cuando te quiere me dejas,
cuando te deja me quieres.   2070
¿Quién ha de tener paciencia?

Sale el marqués y FABIO.

RICARDO.   No pude, Fabio, detenerme un hora.
              Por tal merced le besaré las manos.
FABIO.   Dile presto, Marcela, a mi señora
              que está el marqués aquí.
MARCELA.   Celos tiranos,   2075
              celos crueles, ¿qué queréis agora,
              tras tantos locos pensamientos vanos?
FABIO.   ¿No vas?
MARCELA.   Ya voy.
FABIO.   Pues dile que ha venido
              nuestro nuevo señor y su marido.

Vase MARCELA.

RICARDO.   Id, Fabio, a mi posada; que mañana   2080
              os daré mil escudos y un caballo
              de la casta mejor napolitana.
FABIO.   Sabré, si no servillo, celebrallo.
RICARDO.   Este es principio solo, que Diana
              os tiene por criado y por vasallo,   2085
              y yo por sólo amigo.
FABIO.   Esos pies beso.
RICARDO.   No pago ansí; la obligación confieso.
DIANA.   ¿Vuseñoría aquí?
RICARDO.   Pues ¿no era justo,
              si me enviáis con Fabio tal recado,
              y que después de aquel mortal disgusto,   2090
              me elegís por marido y por criado?
              Dadme esos pies; que de manera el gusto

de ver mi amor en tan dichoso estado
me vuelve loco que le tengo en poco
si me contento con volverme loco.   2095
   ¿Cuándo pensé, señora, mereceros,
ni llegar a más bien que desearos?

DIANA.   No acierto, aunque lo intento, a responderos.
¿Yo he enviado a llamaros? O ¿es burlaros?

RICARDO.   Fabio, ¿qué es esto?

FABIO.   ¿Pude yo traeros   2100
sin ocasión agora, ni llamaros,
menos que de Teodoro prevenido?

DIANA.   Señor marqués, Teodoro culpa ha sido.
   Oyóme anteponer a Federico
vuestra persona, con ser primo hermano   2105
y caballero generoso y rico,
y presumió que os daba ya la mano.
A vuestra señoría le suplico
perdone aquestos necios.

RICARDO.   Fuera en vano
dar a Fabio perdón, si no estuviera   2110
adonde vuestra imagen le valiera.
   Bésoos los pies por el favor y espero
que ha de vencer mi amor esta porfía.

DIANA.   ¿Paréceos bien aquesto, majadero?

FABIO.   ¿Por qué me culpa a mi vuseñoría?   2115

DIANA.   Llamad luego a Teodoro. ¡Qué ligero
este cansado pretensor venía,
cuando me matan celos de Teodoro!

FABIO.   Perdí el caballo y mil escudos de oro.

2106   *generoso:* noble.
2111   *valiera:* en el sentido de proteger.
2117   *pretensor:* es decir, pretendiente.

Váyase FABIO *y quede la condesa sola.*

DIANA.   ¿Qué me quieres, amor? ¿Ya no tenía   2120
olvidado a Teodoro? ¿Qué me quieres?
Pero responderás que tú no eres,
sino tu sombra, que detrás venía.
    ¡Oh celos! ¿Qué no hará vuestra porfía?
Malos letrados sois con las mujeres,   2125
pues jamás os pidieron pareceres
que pudiese el honor guardarse un día.
    Yo quiero a un hombre bien, más se
                          [me acuerda
que yo soy mar y que es humilde barco,
y que es contra razón que el mar se pierda.   2130
    En gran peligro, amor, el alma embarco,
mas si tanto el honor tira la cuerda,
por Dios, que temo que se rompa el arco.

            Sale TEODORO *y* FABIO

FABIO.   Pensó matarme el marqués;
pero, la verdad diciendo,   2135
más sentí los mil escudos.
TEODORO.   Yo quiero darte un consejo.
FABIO.   ¿Cómo?
TEODORO.   El conde Federico
estaba perdiendo el seso
porque el marqués se casaba.   2140
Parte y di que el casamiento
se ha deshecho, y te dará
esos mil escudos luego.
FABIO.   Voy como un rayo.
TEODORO.   Camina.
¿Llamábasme?
DIANA.   Bien ha hecho   2145
ese necio en irse agora.
TEODORO.   Un hora he estado leyendo
tu papel, y bien mirado,

señora, tu pensamiento,
hallo que mi cobardía   2150
procede de tu respeto,
pero que ya soy culpado
en tenerle, como necio,
a tus muchas diligencias,
y así, a decir me resuelvo   2155
que te quiero, y que es disculpa
que con respeto te quiero.
Temblando estoy, no te espantes.

DIANA.   Teodoro, yo te lo creo.
¿Por qué no me has de querer,   2160
si soy tu señora y tengo
tu voluntad obligada,
pues te estimo y favorezco
más que a los otros criados?

TEODORO.   Ese lenguaje no entiendo.   2165

DIANA.   No hay más que entender, Teodoro,
ni pasar el pensamiento
un átomo desta raya.
Enfrena cualquier deseo;
que de una mujer, Teodoro,   2170
tan principal, y más siendo
tus méritos tan humildes,
basta un favor muy pequeño
para que toda la vida
vivas honrado y contento.   2175

TEODORO.   Cierto que vuseñoría
(perdóneme si me atrevo)
tiene en el juicio a veces,
que no en el entendimiento,
mil lúcidos intervalos.   2180
¿Para qué puede ser bueno
haberme dado esperanzas
que en tal estado me han puesto,

2180   *lúcidos intervalos:* locura; falta de cordura.

                    pues del peso de mis dichas
                    caí, como sabe, enfermo   2185
                    casi un mes en una cama
                    luego que tratamos desto,
                    si cuando ve que me enfrío
                    se abrasa de vivo fuego,
                    y cuando ve que me abraso,   2190
                    se hiela de puro hielo?
                    Dejárame con Marcela.
                    Mas viénele bien el cuento
                    del Perro del Hortelano.
                    No quiere, abrasada en celos,   2195
                    que me case con Marcela;
                    y en viendo que no la quiero,
                    vuelve a quitarme el juicio,
                    y a despertarme si duermo;
                    pues coma o deje comer,   2200
                    porque yo no me sustento
                    de esperanzas tan cansadas;
                    que si no, desde aquí vuelvo
                    a querer donde me quieren.
DIANA.   Eso no, Teodoro; advierto   2205
                    que Marcela no ha de ser.
                    En otro cualquier sujeto
                    pon los ojos; que en Marcela
                    no hay remedio.
TEODORO.   ¿No hay remedio?
                    Pues ¿quiere vuseñoría   2210
                    que, si me quiere y la quiero,
                    ande a probar voluntades?
                    ¿Tengo yo de tener puesto,
                    adonde no tengo gusto,
                    mi gusto por el ajeno?   2215
                    Yo adoro a Marcela y ella

2194   Se refiere aquí al refrán que da lugar al título. Se repite con
ligeros cambios en vv. 2297-99, 3070 y 3072.
    2203   *que si no:* es decir, porque de otro modo.

| | me adora, y es muy honesto
| | este amor.
| DIANA. | ¡Pícaro infame!
| | Haré yo que os maten luego.
| TEODORO. | ¿Qué hace vuseñoría?   2220
| DIANA. | Daros, por sucio y grosero,
| | estos bofetones.

Sale FABIO *y el conde* FEDERICO.

| FABIO. | Tente.
| FEDERICO. | Bien dices, Fabio; no entremos.
| | Pero mejor es llegar.
| | Señora mía, ¿qué es esto?   2225
| DIANA. | No es nada: enojos que pasan
| | entre criados y dueños.
| FEDERICO. | ¿Quiere vuestra señoría
| | alguna cosa?
| DIANA. | No quiero
| | más de hablaros en las mías.   2230
| FEDERICO. | Quisiera venir a tiempo,
| | que os hallara con más gusto.
| DIANA. | Gusto, Federico, tengo;
| | que aquestas son niñerías.
| | Entrad y sabréis mi intento   2235
| | en lo que toca al marqués.

Váyase DIANA.

| FEDERICO. | Fabio.
| FABIO. | Señor.
| FEDERICO. | Yo sospecho
| | que en estos disgustos hay
| | algunos gustos secretos.
| FABIO. | No sé, por Dios. Admirado   2240
| | de ver, señor conde, quedo
| | tratar tan mal a Teodoro,
| | cosa que jamás ha hecho
| | la condesa mi señora.

FEDERICO.	Bañóle de sangre el lienzo.	2245

Váyanse FEDERICO *y* FABIO.

TEODORO.   Si aquesto no es amor, ¿qué nombre quieres,
Amor, que tengan desatinos tales?
Si así quieren mujeres principales,
furias las llamo yo, que no mujeres.
    Si la grandeza excusa los placeres   2250
que iguales pueden ser en desiguales,
¿por qué, enemiga, de crueldad te vales,
y por matar a quien adoras, mueres?
    ¡Oh mano poderosa de matarme!
¡Quién te besara entonces, mano hermosa,   2255
agradecido al dulce castigarme!
    No te esperaba yo tan rigurosa,
pero si me castigas por tocarme,
tú sola hallaste gusto en ser celosa.

Sale TRISTÁN.

TRISTÁN.	Siempre tengo de venir	2260
	acabados los sucesos;	
	parezco espada cobarde.	
TEODORO.	¡Ay Tristán!	
TRISTÁN.	Señor, ¿qué es esto?	
	¡Sangre en el lienzo!	
TEODORO.	Con sangre	
	quiere amor que de los celos	2265
	entre la letra.	

2245 *lienzo:* lienzo de narices, que por otro nombre llamamos pañi-
zuelo (pañuelo).

2250 *excusa:* rehúsa, evita.

2264-66 Los versos se asocian con el tan conocido refrán «la letra con
sangre entra».

TRISTÁN.	Por Dios,
	que han sido celos muy necios.
TEODORO.	No te espantes, que está loca
	de un amoroso deseo,
	y como el ejecutarle 2270
	tiene su honor por desprecio,
	quiere deshacer mi rostro,
	porque es mi rostro el espejo
	adonde mira su honor,
	y véngase en verle feo. 2275
TRISTÁN.	Señor, que Juana o Lucía
	cierren conmigo por celos,
	y me rompan con las uñas
	el cuello que ellas me dieron,
	que me repelen y arañen 2280
	sobre averiguar por cierto
	que les hice un peso falso,
	vaya; es gente de pandero,
	de media de cordellate
	y de zapato frailesco; 2285
	pero que tan gran señora
	se pierda tanto el respeto
	a sí misma, es vil acción.
TEODORO.	No sé, Tristán; pierdo el seso
	de ver que me está adorando, 2290
	y que me aborrece luego.
	No quiere que sea suyo
	ni de Marcela, y si dejo
	de mirarla, luego busca
	para hablarme algún enredo. 2295
	No dudes; naturalmente
	es del hortelano el perro:
	ni come ni comer deja,
	ni está fuera ni está dentro.

2283 *gente de pandero:* gente de baja condición. Lo implica el pandero que como instrumento es, por popular, el más bajo de categoría y sonido.

TRISTÁN.	Contáronme que un doctor,	2300
	catedrático y maestro,	
	tenía un ama y un mozo	
	que siempre andaban riñendo.	
	Reñían a la comida,	
	a la cena, y hasta el sueño	2305
	le quitaban con sus voces;	
	que estudiar, no había remedio.	
	Estando en lición un día,	
	fuele forzoso corriendo	
	volver a casa, y entrando	2310
	de improviso en su aposento,	
	vio el ama y mozo acostados	
	con amorosos requiebros,	
	y dijo: «¡Gracias a Dios,	
	que una vez en paz os veo!»	2315
	Y esto imagino de entrambos,	
	aunque siempre andáis riñendo.	

Sale la condesa.

DIANA.	Teodoro.	
TEODORO.	Señora.	
TRISTÁN.	¿Es duende	
	esta mujer?	
DIANA.	Sólo vengo	
	a saber cómo te hallas.	2320
TEODORO.	Ya ¿no lo ves?	
DIANA.	¿Estás bueno?	

2301 *catedrático:* el que tiene estipendio público en la universidad y estaba encargado de leer cátedra de prima o de víspera; *maestro:* en el sentido de experto en una ciencia; «el que tenía el grado mayor en filosofía conferido por una universidad».
2308 *lición:* lección, aquella porción de materia que explica el maestro a los discípulos.

TEODORO.   Bueno estoy.
DIANA.   ¿Y no dirás:
              «A tu servicio»?
TEODORO.   No puedo
              estar mucho en tu servicio,
              siendo tal el tratamiento.   2325
DIANA.   ¡Qué poco sabes!
TEODORO.   Tan poco
              que te siento y no te entiendo,
              pues no entiendo tus palabras,
              y tus bofetones siento;
              si no te quiero te enfadas,   2330
              y enójaste si te quiero;
              escríbesme si me olvido,
              y si me acuerdo te ofendo;
              pretendes que yo te entienda,
              y si te entiendo soy necio.   2335
              Mátame o dame la vida;
              da un medio a tantos extremos.
DIANA.   ¿Hícete sangre?
TEODORO.   Pues... no.
DIANA.   ¿Adónde tienes el lienzo?
TEODORO.   Aquí.
DIANA.   Muestra.
TEODORO.   ¿Para qué?   2340
DIANA.   Para que esta sangre quiero.
              Habla a Otavio, a quien agora
              mandé que te diese luego
              dos mil escudos, Teodoro.
TEODORO.   ¿Para qué?
DIANA.   Para hacer lienzos.   2345

              Váyase la condesa.

TEODORO.   ¡Hay disparates iguales!
TRISTÁN.   ¡Qué encantamientos son estos!
TEODORO.   Dos mil escudos me ha dado.

TRISTÁN.	Bien puedes tomar al precio
	otros cuatro bofetones. 2350
TEODORO.	Dice que son para lienzos
	y llevó el mío con sangre.
TRISTÁN.	Pagó la sangre y te ha hecho
	doncella por las narices.
TEODORO.	No anda mal agora el perro, 2355
	pues después que muerde halaga.
TRISTÁN.	Todos aquestos extremos
	han de parar en el ama
	del doctor.
TEODORO.	¡Quiéralo el cielo!

ACTO TERCERO

Salen FEDERICO y RICARDO.

RICARDO.	¿Esto [visteis]?
FEDERICO.	Esto vi.
RICARDO.	¿Y que le dio bofetones?
FEDERICO.	El servir tiene ocasiones,

mas no lo son para mí,
   que al poner una mujer
de aquellas prendas la mano
al rostro de un hombre, es llano
que otra ocasión puede haber.
   Y bien veis que lo acredita
el andar tan mejorado.

RICARDO.	Ella es mujer y él criado.
FEDERICO.	Su perdición solicita.

   La fábula que pintó
el filósofo moral
de las dos ollas, ¡qué igual
hoy a los dos la vistió!
   Era de barro la una,
la otra de cobre o hierro,
que un río a los pies de un cerro
llevó con varia fortuna.

2360

2365

2370

2375

2366   *es llano:* es claro.
2367   *ocasión:* causa, motivo; también provocación.
2373   *el filósofo moral:* se alude al autor del Eclesiastés.

                    Desvióse la de barro   2380
              de la de cobre, temiendo
              que la quebrase, y yo entiendo
              pensamiento tan bizarro
                 del hombre y de la mujer,
              hierro y barro, y no me espanto,   2385
              pues acercándose tanto,
              por fuerza se han de romper.

RICARDO.   La altivez y bizarría
              de Diana me admiró,
              y bien puede ser que yo   2390
              viese y no viese aquel día,
                 mas ver caballos y pajes
              en Teodoro, y tantas galas,
              ¿qué son sino nuevas alas?
              Pues criados, oro y trajes   2395
                 no los tuviera Teodoro
              sin ocasión tan notable.

FEDERICO.   Antes que desto se hable
              en Nápoles y el decoro
                 de vuestra sangre se ofenda,   2400
              sea o no sea verdad,
              ha de morir.

RICARDO.   Y es piedad
              matarle, aunque ella lo entienda.

FEDERICO.   ¿Podrá ser?

RICARDO.   Bien puede ser,
              que hay en Nápoles quien vive   2405
              de eso y en oro recibe
              lo que en sangre ha de volver.
                 No hay más de buscar un bravo,
              y que le despache luego.

FEDERICO.   Por la brevedad os ruego.   2410

2383   *bizarro:* espléndido, lúcido.
2409   *despache:* algunas veces vale por mate.

RICARDO.	Hoy tendrá su justo pago
	semejante atrevimiento.
FEDERICO.	¿Son bravos éstos?
RICARDO.	Sin duda.
FEDERICO.	El cielo ofendido ayuda
	vuestro justo pensamiento.	2415

Salen FURIO, ANTONELO y LIRANO, *lacayos, y* TRIS-
TÁN, *vestido de nuevo.*

FURIO.	Pagar tenéis el vino en alboroque
	del famoso vestido que os han dado.
ANTONELO.	Eso bien sabe el buen Tristán que es justo.
TRISTÁN.	Digo, señores, que de hacerlo gusto.
LIRANO.	Bravo salió el vestido.
TRISTÁN.	Todo aquesto	2420
	es cosa de chacota y zarandajas,
	respeto del lugar que tendré presto.
	Si no muda los bolos la fortuna,
	secretario he de ser del secretario.
LIRANO.	Mucha merced le hace la condesa	2425
	a vuestro amo, Tristán.
TRISTÁN.	Es su privanza,
	es su mano derecha y es la puerta
	por donde se entra a su favor.
ANTONELO.	Dejemos
	favores y fortunas, y bebamos.
FURIO.	En este tabernáculo sospecho	2430
	que hay lágrima famosa y malvasía.

2416 *alboroque:* agasajo que hacen el comprador o el vendedor, o
ambos, a los que intervienen en una venta.
2421 *chacota:* bulla y alegría llena de risas; *zarandajas:* cosas menu-
das, dependientes de otras y menos importantes.
2426 *privanza:* primer lugar en la gracia y confianza de un alto personaje.
2431 *lágrima:* el vino que se destila en el lagar antes que la uva se
pise, porque sale gota a gota; *malvasía:* cierto tipo de uva y por extensión
el vino que se extrae de ella.

TRISTÁN.   Probemos vino greco; que deseo
                hablar en griego, y con beberlo basta.
RICARDO.   Aquel moreno del color quebrado
                me parece el más bravo, pues que todos   2435
                le estiman, hablan y hacen cortesía.
                Celio...
CELIO.   Señor.
RICARDO.   De aquellos gentileshombres
                llama al descolorido.
CELIO.   ¡Ah caballero!
                Antes que se entre en esa santa ermita,
                el marqués, mi señor, hablarle quiere.   2440
TRISTÁN.   Camaradas, allí me llama un príncipe;
                no puedo rehusar el ver qué manda.
                Entren, y tomen siete u ocho azumbres,
                y aperciban dos dedos de formache,
                en tanto que me informo de su gusto.   2445
ANTONELO.   Pues despachad a prisa.
TRISTÁN.   Iré volando.
                ¿Qué es lo que manda vuestra señoría?
RICARDO.   El veros entre tanta valentía
                nos ha obligado, al conde Federico
                y a mí, para saber si seréis hombre   2450
                para matar un hombre.
TRISTÁN.   ¡Vive el cielo,
                que son los pretendientes de mi ama
                y que hay algún enredo! Fingir quiero.
FEDERICO.   ¿No respondéis?
TRISTÁN.   Estaba imaginando
                si vuestra señoría esta burlando   2455
                de nuestro modo de vivir. ¡Pues vive
                el que reparte fuerzas a los hombres,

2434 *color quebrado:* pálido.
2444 *formache:* queso. Posible italianismo prodecente de «formaggio».
Recuérdese que la acción de esta comedia ocurre en Nápoles. La forma
«formage» era habitual en castellano; «formatge», en catalán, aunque es
posible el influjo del vocablo en italiano.

que no hay en toda Nápoles espada
que no tiemble de sólo el nombre mío!
¿No conocéis a Héctor? Pues no hay Héctor   2460
adonde está mi furibundo brazo;
que si él lo fue de Troya, yo de Italia.

FEDERICO.   Éste es, marqués, el hombre que buscamos.
Por vida de los dos, que no burlamos,
sino que si tenéis conforme al nombre   2465
el ánimo y queréis matar a un hombre,
que os demos el dinero que quisiéredes.

TRISTÁN.   Con docientos escudos me contento,
y sea el diablo.

RICARDO.   Yo os daré trecientos,
y despachalde aquesta noche.   2470

TRISTÁN.   El nombre
del hombre espero y parte del dinero.

RICARDO.   ¿Conocéis a Diana, la condesa
de Belflor?

TRISTÁN.   Y en su casa tengo amigos.

RICARDO.   ¿Mataréis un criado de su casa?

TRISTÁN.   Mataré los criados y criadas   2475
y los mismos frisones de su coche.

RICARDO.   Pues a Teodoro habéis de dar la muerte.

TRISTÁN.   Eso ha de ser, señores, de otra suerte,
porque Teodoro, como yo he sabido,
no sale ya de noche, temeroso   2480
por ventura de haberos ofendido;
que le sirva estos días me ha pedido.
Dejádmele servir, y yo os ofrezco

2460 *Héctor:* héroe en la guerra de Troya muerto por Aquiles en la defensa de esta ciudad. Simboliza la fuerza, el valor, el amor a la patria y a la familia según lo muestra en su despedida de Andrómaca.

2470 *despachalde:* por despachadle, metátesis común con estas formas verbales de pronombre proclítico, como vimos en v. 1295.

2476 *frisones:* caballos fuertes de pies muy anchos y con muchas cernejas; algunos son para silla; otros, para los coches. Se denominan así por su procedencia de Frisia.

	de darle alguna noche dos mojadas,
	con que el pobreto *in pace requiescat,* 2485
	y yo quede seguro y sin sospecha.
	¿Es algo lo que digo?
FEDERICO.	No pudiera
	hallarse en toda Nápoles un hombre
	que tan seguramente le matara.
	Servilde, pues, y así al descuido un día 2490
	pegalde, y acudid a nuestra casa.
TRISTÁN.	Yo he menester agora cien escudos.
RICARDO.	Cincuenta tengo en esta bolsa; luego
	que yo os vea en su casa de Diana,
	os ofrezco los ciento y muchos cientos. 2495
TRISTÁN.	Eso de muchos cientos no me agrada.
	Vayan vusiñorías en buen hora,
	que me aguardan Mastranzo, Rompe-muros,
	Mano de hierro, Arfuz y Espantadiablos,
	y no quiero que acaso piensen algo. 2500
RICARDO.	Decís muy bien; adiós.
FEDERICO.	¡Qué gran ventura!
RICARDO.	A Teodoro contalde por difunto.
FEDERICO.	El bellacón, ¡qué bravo talle tiene!

Váyanse FEDERICO, RICARDO *y* CELIO.

TRISTÁN.	Avisar a Teodoro me conviene.
	Perdone el vino greco, y los amigos. 2505
	A casa voy, que está de aquí muy lejos.
	Mas éste me parece que es Teodoro.

Sale TEODORO.

TRISTÁN.	Señor, ¿adónde vas?
TEODORO.	Lo mismo ignoro,

2498-99 *Mastranzo:* planta parecida a la hierbabuena, aromática. Se empleaba en medicina contra la picadura de insectos, gusanos, etc. *Arfuz:* tal vez por *alfoz:* arrabal, campo raso, vega.

porque de suerte estoy, Tristán amigo,
que no sé dónde voy ni quién me lleva.   2510
Solo y sin alma, el pensamiento sigo,
que al sol me dice que la vista atreva.
Ves cuánto ayer Diana habló conmigo.
Pues hoy de aquel amor se halló tan nueva,
que apenas jurarás que me conoce,   2515
porque Marcela de mi mal se goce.

TRISTÁN.   Vuelve hacia casa; que a los dos importa
que no nos vean juntos.

TEODORO.   ¿De qué suerte?

TRISTÁN.   Por el camino te diré quién corta
los pasos dirigidos a tu muerte.   2520

TEODORO.   ¿Mi muerte? Pues ¿por qué?

TRISTÁN.   La voz reporta
y la ocasión de tu remedio advierte:
Ricardo y Federico me han hablado,
y que te dé la muerte concertado.

TEODORO.   ¿Ellos a mí?

TRISTÁN.   Por ciertos bofetones   2525
el amor de tu dueño conjeturan,
y pensando que soy de los leones
que a tales homicidios se aventuran,
tu vida me han trocado a cien doblones,
y con cincuenta escudos me aseguran.   2530
Yo dije que un amigo me pedía
que te sirviese y que hoy te serviría
donde más fácilmente te matase,
a efecto de guardarte desta suerte.

TEODORO.   ¡Pluguiera a Dios que alguno me quitase   2535
la vida y me sacase desta muerte!

2514   *tan nueva:* tan sin experiencia.
2519-20   *corta los pasos:* atajar, impedir, evitar.
2521   *reporta:* modera, controla, reprime.
2527   *de los leones:* perteneciente al grupo de aquéllos que se tiene
por valientes.
2529   *me han trocado:* me han cambiado.

TRISTÁN.   ¿Tan loco estás?

TEODORO.   ¿No quieres que me abrase
por tan dulce ocasión? Tristán, advierte
que si Diana algún camino hallara
de disculpa, conmigo se casara.   2540
      Teme su honor, y cuando más se abrasa,
se hiela y me desprecia.

TRISTÁN.   Si te diese
remedio, ¿qué dirás?

TEODORO.   Que a ti se pasa
de Ulises el espíritu.

TRISTÁN.   Si fuese
tan ingenioso que a tu misma casa   2545
un generoso padre te trajese
con que fueses igual a la condesa,
¿no saldrías, señor, con esta empresa?

TEODORO.   Eso es sin duda.

TRISTÁN.   El conde Ludovico,
caballero ya viejo, habrá veinte años   2550
que enviaba a Malta un hijo de tu nombre,
que era sobrino de su gran maestre;
cautiváronle moros de Biserta,
y nunca supo dél, muerto ni vivo;
éste ha de ser tu padre, y tú su hijo,   2555
y yo lo he de trazar.

TEODORO.   Tristán, advierte
que puedes levantar alguna cosa
que nos cueste a los dos la honra y vida.

TRISTÁN.   A casa hemos llegado. A Dios te queda;
que tú serás marido de Diana   2560
antes que den las doce de mañana.

2544   *Ulises:* héroe griego, rey de Itaca y esposo de Penélope, consagrado como prudente y astuto, aunque sus cualidades son múltiples, entre ellas la capacidad para el disimulo y la estratagema.

Váyase TRISTÁN.

TEODORO.   Bien al contrario pienso yo dar medio
            a tanto mal, pues el amor bien sabe
            que no tiene enemigo que le acabe
            con más facilidad que tierra en medio.   2565

            Tierra quiero poner, pues que remedio,
            con ausentarme, amor, rigor tan grave,
            pues no hay rayo tan fuerte que se alabe
            que entró en la tierra, de tu ardor remedio.

            Todos los que llegaron a este punto,   2570
            poniendo tierra en medio te olvidaron;
            que en tierra al fin le resolvieron junto.

            Y la razón que de olvidar hallaron,
            es, que amor se confiesa por difunto,
            pues que con tierra en medio le enterraron.   2575

            Sale la condesa

DIANA.   ¿Estás ya mejorado
            de tus tristezas, Teodoro?
TEODORO.   Si en mis tristezas adoro,
            sabré estimar mi cuidado.

            No quiero yo mejorar   2580
            de la enfermedad que tengo,
            pues sólo a estar triste vengo
            cuando imagino sanar.

            ¡Bien hayan males que son
            tan dulce para sufrir,   2585
            que se ve un hombre morir,
            y estima su perdición!

            Sólo me pesa que ya
            esté mi mal en estado

2562   *dar medio:* dar remedio.
2565   *tierra en medio:* el dicho se completa en el siguiente verso, «poner tierra en medio»; es decir, distanciarse.

	que he de alejar mi cuidado	2590
	de donde su dueño está.	
DIANA.	¿Ausentarte? Pues ¿por qué?	
TEODORO.	Quiérenme matar.	
DIANA.	Sí harán.	
TEODORO.	Envidia a mi mal tendrán	
	que bien al principio fue.	2595
	Con esta ocasión, te pido	
	licencia para irme a España.	
DIANA.	Será generosa hazaña	
	de un hombre tan entendido,	
	que con esto quitarás	2600
	la ocasión de tus enojos,	
	y aunque des agua a mis ojos,	
	honra a mi casa darás.	
	Que desde aquel bofetón	
	Federico me ha tratado	2605
	como celoso, y me ha dado	
	para dejarte ocasión.	
	Vete a España, que yo haré	
	que te den seis mil escudos.	
TEODORO.	Haré tus contrarios mudos	2610
	con mi ausencia. Dame el pie.	
DIANA.	Anda, Teodoro. No más;	
	déjame, que soy mujer.	
TEODORO.	Llora, mas ¿qué puedo hacer?	
DIANA.	En fin, Teodoro, ¿te vas?	2615
TEODORO.	Sí, señora.	
DIANA.	Espera. Vete.	
	Oye.	
TEODORO.	¿Qué mandas?	
DIANA.	No, nada.	
	Vete.	
TEODORO.	Voyme.	
DIANA.	Estoy turbada.	
	¿Hay tormento que inquiete	

2599 *hombre tan entendido:* tan discreto.

| | como una pasión de amor? | 2620 |

¿No eres ido?

TEODORO.   Ya, señora,
me voy.

Vase TEODORO

DIANA.   ¡Buena quedo agora!
¡Maldígate Dios, honor!
   Temeraria invención fuiste,
tan opuesta al propio gusto.   2625
¿Quién te inventó? Mas fue justo,
pues que tu freno resistc
   tantas cosas tan mal hechas.

Sale TEODORO.

TEODORO. Vuelvo a saber si hoy podré
partirme.

DIANA.   Ni yo lo sé,   2630
ni tú, Teodoro, sospechas
   que me pesa de mirarte,
pues que te vuelves aquí.

TEODORO. Señora, vuelvo por mí,
que no estoy en otra parte,   2635
   y como me he de llevar,
vengo para que me des
a mí mismo.

DIANA.   Si después
te has de volver a buscar,
   no me pidas que te dé.   2640
Pero vete, que el amor
lucha con mi noble honor,
y vienes tú a ser traspié.
   Vete, Teodoro, de aquí;

2643   *traspié:* zancadilla.

no te pidas, aunque puedas,   2645
que yo sé que si te quedas,
allá me llevas a mí.

TEODORO.   Quede vuestra señoría
con Dios.

DIANA.   ¡Maldita ella sea,
pues me quita que yo sea   2650
de quien el alma quería!

Váyase.

¡Buena quedo yo, sin quien
era luz de aquestos ojos!
Pero sientan sus enojos;
quien mira mal, llore bien.   2655
    Ojos, pues os habéis puesto
en cosa tan desigual,
pagad el mirar tan mal,
que no soy la culpa desto,
    mas no lloren, que también   2660
tiempla el mal llorar los ojos,
pero sientan sus enojos;
quien mira mal, llore bien,
    aunque tendrán ya pensada
la disculpa para todo;   2665
que el sol los pone en el lodo,
y no se le pega nada.
    Luego bien es que no den
en llorar. Cesad, mis ojos.
Pero sientan sus enojos;   2670
quien mira mal, llore bien.

Sale MARCELA.

MARCELA.   Si puede la confianza
de los años de servirte
humildemente pedirte

	lo que justamente alcanza,	2675
	a la mano te ha venido	
	la ocasión de mi remedio,	
	y poniendo tierra en medio,	
	no verme si te he ofendido.	
DIANA.	¿De tu remedio, Marcela?	2680
	¿Cuál ocasión? Que aquí estoy.	
MARCELA.	Dicen que se parte hoy,	
	por peligros que recela,	
	Teodoro a España, y con él	
	puedes casada enviarme,	2685
	pues no verme es remediarme.	
DIANA.	¿Sabes tú que querrá él?	
MARCELA.	Pues ¿pidiérate yo a ti,	
	sin tener satisfación,	
	remedio en esta ocasión?	2690
DIANA.	¿Hasle hablado?	
MARCELA.	Y él a mí,	
	pidiéndome lo que digo.	
DIANA.	¡Qué a propósito me viene	
	esta desdicha!	
MARCELA.	Ya tiene	
	tratado aquesto conmigo,	2695
	y el modo con que podemos	
	ir con más comodidad.	
DIANA.	¡Ay necio honor!, perdonad,	
	que amor quiere hacer extremos.	
	Pero no será razón,	2700
	pues que podéis remediar	
	fácilmente este pesar.	
MARCELA.	¿No tomas resolución?	
DIANA.	No podré vivir sin ti,	
	Marcela, y haces agravio	2705
	a mi amor, y aun al de Fabio,	
	que sé yo que adora en ti.	

2699 *extremos:* manifestaciones exageradas y vehementes de un afecto del ánimo.

Yo te casaré con él;
deja partir a Teodoro.

MARCELA.   A Fabio aborrezco; adoro   2710
a Teodoro.

DIANA.   ¡Qué cruel
ocasión de declararme!
¡Mas teneos, loco amor!
Fabio te estará mejor.

MARCELA.   Señora.

DIANA.   No hay replicarme.   2715

Váyase.

MARCELA.   ¿Qué intentan imposibles mis sentidos,
contra tanto poder determinados?
Que celos poderosos declarados
harán un desatino resistidos.
Volved, volved atrás, pasos perdidos,   2720
que corréis a mi fin precipitados;
árboles son amores desdichados,
a quien el hielo marchitó floridos.
Alegraron el alma las colores
que el tirano poder cubrió de luto;   2725
que hiela ajeno amor muchos amores.
Y cuando de esperar daba tributo,
¿qué importa la hermosura de las flores,
si se perdieron esperando el fruto?

Sale el conde LUDOVICO *viejo, y* CAMILO.

CAMILO.   Para tener sucesión,   2730
no te queda otro remedio.

LUDOVICO.   Hay muchos años en medio,
que mis enemigos son,
y aunque tiene esa disculpa

2723   *quien:* esta forma de antecedente de relativo en singular con
referentes en plural era normal, documenta Kossoff, en el Siglo de Oro,
con casos concretos en otras comedias de Lope.

                    el casarse en la vejez,   2735
                    quiere el temor ser juez,
                    y ha de averiguar la culpa.
                      Y podría suceder
                    que sucesión no alcanzase,
                    y casado me quedase;   2740
                    y en un viejo una mujer
                      es en un olmo una hiedra,
                    que aunque con tan varios lazos
                    [le] cubre de sus abrazos,
                    él se seca y ella medra.   2745
                      Y tratarme casamientos
                    es traerme a la memoria,
                    Camilo, mi antigua historia
                    y renovar mis tormentos.
                      Esperando cada día   2750
                    con engaños a Teodoro;
                    veinte años ha que le lloro.

                    Sale un paje.

PAJE.   Aquí a vuestra señoría
                    busca un griego mercader.

         Sale TRISTÁN *vestido de armenio con un turbante*
             graciosamente, y FURIO *con otro.*

LUDOVICO.   Di que entre.
TRISTÁN.   Dadme esas manos,   2755
                    y los cielos soberanos
                    con su divino poder
                      os den el mayor consuelo
                    que esperáis.
LUDOVICO.   Bien seáis venido,
                    mas ¿qué causa os ha traído   2760
                    por este remoto suelo?
TRISTÁN.   De Constantinopla vine
                    a Chipre, y della a Venecia

                    con una nave cargada
                    de ricas telas de Persia.   2765
                    Acordéme de una historia
                    que algunos pasos me cuesta;
                    y con deseos de ver
                    a Nápoles, ciudad bella,
                    mientras allá mis criados   2770
                    van despachando las telas,
                    vine, como veis, aquí,
                    donde mis ojos confiesan
                    su grandeza y hermosura.
LUDOVICO.   Tiene hermosura y grandeza   2775
                    Nápoles.
TRISTÁN.   Así es verdad.
                    Mi padre, señor, en Grecia
                    fue mercader, y en su trato
                    el de más ganancia era
                    comprar y vender esclavos,   2780
                    y ansí, en la feria de Azteclias
                    compró un niño, el más hermoso
                    que vio la naturaleza,
                    por testigo del poder
                    que le dio el cielo en la tierra.   2785
                    Vendíanle algunos turcos,
                    entre otra gente bien puesta,
                    a una galera de Malta
                    que las de un bajá turquescas
                    prendió en la Chafalonia.   2790
LUDOVICO.   Camilo, el alma me altera.

_____

2778   *trato:* negociación y comercio de géneros y mercaderías, com-
prando y vendiendo.

2781   *Azteclias:* nombre inventado, fabuloso, lo mismo que *Chafalonia*
(v. 2790); *Serpalitonia* (v. 2802), *Catiborratos* (v. 2816) y *Terimaconio*
(v. 2825). Asocian en el espectador un lenguaje extraño (Turquía, Ar-
menia), pero, dada la cacofonía de los nombres y su misma composición
polisilábica, parodian burlescamente el origen inventado de Teodoro.

TRISTÁN.	Aficionado al rapaz,
	compróle y llevóle a Armenia,
	donde se crió conmigo
	y una hermana.
LUDOVICO.	Amigo, espera,
	espera, que me traspasas
	las entrañas.
TRISTÁN.	¡Qué bien entra!
LUDOVICO.	¿Dijo cómo se llamaba?
TRISTÁN.	Teodoro.
LUDOVICO.	¡Ay cielo! ¡Qué fuerza
	tiene la verdad! De oírte
	lágrimas mis canas riegan.
TRISTÁN.	Serpalitonia, mi hermana,
	y este mozo (¡nunca fuera
	tan bello!) con la ocasión
	de la crianza, que engendra
	al amor que todos saben,
	se amaron desde la tierna
	edad; y a deciséis años,
	de mi padre, en cierta ausencia,
	ejecutaron su amor,
	y creció de suerte en ella,
	que se le echaba de ver,
	con cuyo temor se ausenta
	Teodoro, y para parir
	a Serpalitonia deja.
	Catiborratos, mi padre,
	no sintió tanto la ofensa
	como el dejarle Teodoro.
	Murió en efeto de pena,
	y bautizamos su hijo
	(que aquella parte de Armenia
	tiene vuestra misma ley,
	aunque es diferente iglesia);
	llamamos al bello niño

2795

2800

2805

2810

2815

2820

2797 *entra:* acepta, admite.

Terimaconio, que queda   2825
un bello rapaz agora
en la ciudad de Tepecas.
Andando en Nápoles yo
mirando cosas diversas,
saqué un papel en que traje   2830
deste Teodoro las señas,
y preguntando por él,
me dijo una esclava griega
que en mi posada servía:
«¿Cosa que ese mozo sea   2835
el del conde Ludovico?»
Diome el alma una luz nueva,
y doy en que os he de hablar,
y por entrar en la vuestra,
entro, según me dijeron,   2840
en casa de la condesa
de Belflor, y al primer hombre
que pregunto...

LUDOVICO.   Ya me tiembla
el alma.

TRISTÁN.   Veo a Teodoro.

LUDOVICO.   ¡A Teodoro!

TRISTÁN.   Él bien quisiera   2845
huirse, pero no pudo;
dudé un poco, y era fuerza,
porque el estar ya barbado
tiene alguna diferencia.
Fui tras él, asíle en fin,   2850
hablóme, aunque con vergüenza,
y dijo que no dijese
a nadie en casa quién era,
porque el haber sido esclavo

2835   *Cosa que... sea:* seguido de subjuntivo el sintagma expresa una
conjetura.
2838   *y doy en que:* y caigo en la cuenta de que; concluir que.

no diese alguna sospecha.   2855
Díjele: «Si yo he sabido
que eres hijo en esta tierra
de un título, ¿por qué tienes
la esclavitud por bajeza?»
Hizo gran burla de mí,   2860
y yo, por ver si concuerda
tu historia con la que digo,
vine a verte, y a que tengas,
si es verdad que éste es tu hijo,
con tu nieto alguna cuenta,   2865
o permitas que mi hermana
con él a Nápoles venga,
no para tratar casarse,
aunque le sobra nobleza,
mas porque Terimaconio   2870
tan ilustre abuelo vea.

LUDOVICO.   Dame mil veces tus brazos;
que el alma con sus potencias
que es verdadera tu historia
en su regocijo muestran.   2875
¡Ay, hijo del alma mía,
tras tantos años de ausencia
hallado para mi bien!
Camilo, ¿qué me aconsejas?
¿Iré a verle y conocerle?   2880

CAMILO.   ¿Eso dudas? Parte, vuela,
y añade vida en sus brazos
a los años de tus penas.

LUDOVICO.   Amigo, si quieres ir
conmigo, será más cierta   2885
mi dicha, si descansar,

2857-58 *eres hijo... / de un título:* ser hijo de la persona que posee,
que ostenta un título.
2863-65 *y a que tengas,... alguna cuenta:* que tengas atención, come-
dimiento, interés.
2873 *potencias:* ya el catecismo de la época distinguía las tres potencias del alma: memoria, entendimiento y voluntad.

	aquí aguardando te queda, y dente por tanto bien toda mi casa y hacienda; que no puedo detenerme.	2890

TRISTÁN.   Yo dejé, puesto que cerca,
                 ciertos diamantes que traigo,
                 y volveré cuando vuelvas.
                 Vamos de aquí, Mercaponios.

FURIO.   Vamos, señor.

TRISTÁN.   Bien se entrecas   2895
                 el engañifo.

FURIO.   Muy bonis.

TRISTÁN.   Andemis.

CAMILO.   ¡Extraña lengua!

LUDOVICO.   Vente, Camilo, tras mi.

Váyanse el conde y CAMILO

TRISTÁN.   ¿Trasponen?

FURIO.   El viejo vuela,
                 sin aguardar coche o gente.   2900

TRISTÁN.   ¿Cosa que esto verdad sea,
                 y que éste fuese Teodoro?

FURIO.   ¿Mas si en mentira como ésta
                 hubiese alguna verdad?

TRISTÁN.   Estas almalafas lleva,   2905
                 que me importa desnudarme,

2891 *puesto que:* aunque.

2894 *Mercaponios:* neologismo invención de Tristán, que se compone de «merca», comprar, y «ponios».

2895-96 *se entrecas el engañifo:* que bien se acepta, se admite, el engaño; *«Muy bonis»:* simulación humorística de la expresión latina «multi bonis»; es decir, muy bien.

2897 *Andemis:* ridiculización que parodia la conjugación del verbo «andar» como voz latina; es decir, «andemos».

2899 *«¿Trasponen?»:* torcer hacia algún camino de suerte que se pierda de vista.

2905 *almalafas:* vestidura morisca que cubre el cuerpo desde los hombros hasta los pies.

porque ninguno me vea
de los que aquí me conocen.

FURIO. Desnuda presto.

TRISTÁN.   ¡Que pueda
esto el amor de los hijos!   2910

FURIO. ¿Adónde te aguardo?

TRISTÁN.   Espera,
Furio, en la choza del olmo.

FURIO. Adiós.

Váyase FURIO

TRISTÁN.   ¡Qué tesoro llega
al ingenio! Aquí debajo
traigo la capa revuelta,   2915
que como medio sotana
me la puse, porque hubiera
más lugar en el peligro
de dejar en una puerta
con el armenio turbante,   2920
las hopalandas greguescas.

Salen RICARDO *y* FEDERICO.

FEDERICO. Digo que es éste el matador valiente
que a Teodoro ha de dar muerte segura.

RICARDO. ¡Ah hidalgo!, ¿ansí se cumple entre la gente
que honor profesa y que opinión procura   2925
lo que se prometió tan fácilmente?

2916 *medio sotana:* o sotanilla, que llegaba tan sólo hasta la panto-
rrilla.
2921 *hopalandas greguescas:* la falda grande y pomposa. Se toma co-
múnmente por la falda que traen los estudiantes arrastrando. La ortogra-
fía de la palabra «greguescas» cuenta con señaladas variantes en esta
época, desde grigiesco, griguiesco, hasta gregüesco.

TRISTÁN.   Señor...
FEDERICO.   ¿Somos nosotros por ventura
de los iguales vuestros?
TRISTÁN.   Sin oírme,
no es justo que mi culpa se confirme.
Yo estoy sirviendo al mísero Teodoro,   2930
que ha de morir por esta mano airada,
pero puede ofender vuestro decoro
públicamente ensangrentar mi espada.
Es la prudencia un celestial tesoro,
y fue de los antiguos celebrada   2935
por única virtud; estén muy ciertos
que le pueden contar entre los muertos.
    Estáse melancólico de día,
y de noche cerrado en su aposento;
que alguna cuidadosa fantasía   2940
le debe de ocupar el pensamiento;
déjenme a mí, que una mojada fría
pondrá silencio a su vital aliento,
y no se precipiten desa suerte;
que yo sé cuándo le he dar la muerte.   2945
FEDERICO.   Paréceme, marqués, que el hombre acierta.
Ya que le sirve, ha comenzado el caso;
no dudéis, matarále.
RICARDO.   Cosa es cierta.
Por muerto le contad.
FEDERICO.   Hablemos paso.
TRISTÁN.   En tanto que esta muerte se concierta,   2950
vusiñorías, ¿no tendrán acaso
cincuenta escudos? Que comprar querría
un rocín, que volase el mismo día.
RICARDO.   Aquí los tengo yo; tomad seguro
de que en saliendo con aquesta empresa   2955
lo menos es pagaros.
TRISTÁN.   Yo aventuro

─────────────
2949 *hablemos paso:* en sentido de hablar quedo, en voz baja.

                    la vida, que servir buenos profesa.
                    Con esto, adiós; que no me vean procuro
                    hablar desde el balcón de la condesa
                    con vuestras señorías.
FEDERICO.   Sois discreto.   2960
TRISTÁN.   Ya lo verán al tiempo del efeto.
FEDERICO.   Bravo es el hombre.
RICARDO.   Astuto y ingenioso.
FEDERICO.   ¡Qué bien le ha de matar!
RICARDO.   Notablemente.

                    Sale CELIO.

CELIO.   ¡Hay caso más extraño y fabuloso!
FEDERICO.   ¿Qué es esto, Celio? ¿Dónde vas? Detente.   2965
CELIO.   Un suceso notable y riguroso
                    para los dos. ¿No veis aquella gente
                    que entra en casa del conde Ludovico?
RICARDO.   ¿Es muerto?
CELIO.   Que me escuches te suplico.
                    A darle van el parabién contentos   2970
                    de haber hallado un hijo que ha perdido.
RICARDO.   Pues ¿qué puede ofender nuestros intentos
                    que le haya esa ventura sucedido?
CELIO.   ¿No importa a los secretos pensamientos
                    que con Diana habéis los dos tenido,   2975
                    que sea aquel Teodoro, su criado,
                    hijo del conde?
FEDERICO.   El alma me has turbado.
RICARDO.   ¿Hijo del conde? Pues ¿de qué manera
                    se ha venido a saber?
CELIO.   Es larga historia,
                    y cuéntanla tan varia, que no hubiera   2980
                    para tomarla tiempo ni memoria.
FEDERICO.   ¡A quién mayor desdicha sucediera!
RICARDO.   Trocóse en pena mi esperada gloria.

────────
2961   *al tiempo del efeto:* es decir, una vez obtenido el efecto deseado.

FEDERICO.	Yo quiero ver lo que es.
RICARDO.	Yo, conde, os sigo.
CELIO.	Presto veréis que la verdad os digo. 2985

Váyanse y salga TEODORO *de camino y* MARCELA.

MARCELA.	En fin, Teodoro, ¿te vas?
TEODORO.	Tú eres causa desta ausencia;
	que en desigual competencia
	no resulta bien jamás.
MARCELA.	Disculpas tan falsas das 2990
	como tu engaño lo ha sido,
	porque haberme aborrecido
	y haber amado a Diana
	lleva tu esperanza vana
	sólo a procurar su olvido. 2995
TEODORO.	¿Yo a Diana?
MARCELA.	Niegas tarde,
	Teodoro, el loco deseo
	con que perdido te veo
	de atrevido y de cobarde:
	cobarde en que ella se guarde 3000
	el respeto que se debe,
	y atrevido, pues se atreve
	tu bajeza a su valor;
	que entre el honor y el amor
	hay muchos montes de nieve. 3005
	Vengada quedo de ti,
	aunque quedo enamorada,
	porque olvidaré vengada,
	que el amor olvida ansí.
	Si te acordares de mí, 3010
	imagina que te olvido,
	porque me quieras; que ha sido

3005 *montes de nieve:* metafóricamente, impedimentos, obstáculos.
3011 *imagina:* piensa, delibera, recuerda.

	siempre, porque suele hacer	
	que vuelva un hombre a querer,	
	pensar que es aborrecido	3015
TEODORO.	¡Qué de quimeras tan locas,	
	para casarte con Fabio!	
MARCELA.	Tú me casas, que al agravio	
	de tu desdén me provocas.	

Sale FABIO.

FABIO.	Siendo las horas tan pocas	3020
	que aquí Teodoro ha de estar,	
	bien haces, Marcela, en dar	
	ese descanso a tus ojos.	
TEODORO.	No te den celos enojos	
	que han de pasar tanto mar.	3025
FABIO.	En fin, ¿te vas?	
TEODORO.	¿No lo ves?	
FABIO.	Mi señora viene a verte.	

Sale la condesa, DOROTEA *y* ANARDA.

DIANA.	¡Ya, Teodoro, desta suerte!	
TEODORO.	Alas quisiera en los pies,	
	cuanto más, señora, espuelas.	3030
DIANA.	¡Hola! ¿Está esa ropa a punto?	
ANARDA.	Todo está aprestado y junto.	
FABIO.	En fin, ¿se va?	
MARCELA.	¿Y tú me celas?	
DIANA.	Oye aquí aparte.	
TEODORO.	Aquí estoy	
	a tu servicio.	

Aparte los dos.

DIANA.	Teodoro,	3035
	tú te partes, yo te adoro.	

3032 *aprestado:* preparado con diligencia y cuidado.

TEODORO.	Por tus crueldades me voy.
DIANA.	Soy quien sabes. ¿Que he de hacer?
TEODORO.	¿Lloras?
DIANA.	No; que me ha caído
	algo en los ojos.
TEODORO.	¿Si ha sido 3040
	amor?
DIANA.	Sí debe de ser,
	pero mucho antes cayó,
	y agora salir querría.
TEODORO.	Yo me voy, señora mía;
	yo me voy, el alma no. 3045
	Sin ella tengo de ir,
	no hago al serviros falta,
	porque hermosura tan alta
	con almas se ha de servir.
	¿Qué me mandáis? Porque yo 3050
	soy vuestro.
DIANA.	¡Qué triste día!
TEODORO.	Yo me voy, señora mía;
	yo me voy, el alma no.
DIANA.	¿Lloras?
TEODORO.	No, que me ha caído
	algo, como a ti, en los ojos. 3055
DIANA.	Deben de ser mis enojos.
TEODORO.	Eso debe de haber sido.
DIANA.	Mil niñerías te he dado,
	que en un baúl hallarás;
	perdona, no pude más. 3060
	Si le abrieres, ten cuidado
	de decir, como a despojos
	de vitoria tan tirana:
	«Aquestos puso Diana
	con lágrimas en sus ojos.» 3065
ANARDA.	Perdidos los dos están.
DOROTEA.	¡Qué mal se encubre el amor!

3038 *Soy quien sabes:* es decir, soy la condesa.

ANARDA.	Quedarse fuera mejor.
	Manos y prendas se dan.
DOROTEA.	Diana ha venido a ser
	el perro del hortelano.
ANARDA.	Tarde le toma la mano.
DOROTEA.	O coma o deje comer.

Sale el conde LUDOVICO *y* CAMILO

LUDOVICO.   Bien puede el regocijo dar licencia,
Diana ilustre, a un hombre de mis años
para entrar desta suerte a visitaros.
DIANA.   Señor conde, ¿qué es esto?
LUDOVICO.   Pues ¿vos sola
no sabéis lo que sabe toda Nápoles?
Que en un instante que llegó la nueva,
apenas me han dejado por las calles,
ni he podido llegar a ver mi hijo.
DIANA.   ¿Qué hijo? Que no te entiendo el regocijo.
LUDOVICO.   ¿Nunca vuseñoría de mi historia
ha tenido noticia, y que ha veinte años
que enviaba un niño a Malta con su tío,
y que le cautivaron las galeras
de Ali Bajá?
DIANA.   Sospecho que me han dicho
ese suceso vuestro.
LUDOVICO.   Pues el cielo
me ha dado a conocer el hijo mío
después de mil fortunas que ha pasado.
DIANA.   Con justa causa, conde, me habéis dado
tan buena nueva.
LUDOVICO.   Vos, señora mía,
me habéis de dar, en cambio de la nueva,

3070

3075

3080

3085

3090

3090 *mil fortunas:* en el sentido de adversidades, contrariedades, in-
fortunios.

el hijo mío, que sirviéndoos vive,
bien descuidado de que soy su padre.   3095
¡Ay, si viviera su difunta madre!

DIANA.   ¿Vuestro hijo me sirve? ¿Es Fabio acaso?

LUDOVICO.   No, señora, no es Fabio, que es Teodoro.

DIANA.   ¡Teodoro!

LUDOVICO.   Sí, señora.

TEODORO.   ¿Cómo es esto?

DIANA.   Habla, Teodoro, si es tu padre el conde.   3100

LUDOVICO.   Luego, ¿es aquéste?

TEODORO.   Señor conde, advierta
vuseñoría...

LUDOVICO.   No hay que advertir, hijo,
hijo de mis entrañas, sino sólo
el morir en tus brazos.

DIANA.   ¡Caso extraño!

ANARDA.   ¡Ay señora! ¿Teodoro es caballero   3105
tan principal y de tan alto estado?

TEODORO.   Señor, yo estoy sin alma, de turbado.
¿Hijo soy vuestro?

LUDOVICO.   Cuando no tuviera
tanta seguridad, el verte fuera
de todas la mayor. ¡Qué parecido   3110
a cuando mozo fui!

TEODORO.   Los pies te pido,
y te suplico...

LUDOVICO.   No me digas nada,
que estoy fuera de mí ¡Qué gallardía!
¡Dios te bendiga! ¡Qué real presencia!
¡Qué bien que te escribió naturaleza   3115
en la cara, Teodoro, la nobleza!
Vamos de aquí; ven luego, luego toma
posesión de mi casa y de mi hacienda;
ven a ver esas puertas coronadas
de las armas más nobles deste reino.   3120

TEODORO. Señor, yo estaba de partida a España,
y así me importa.

LUDOVICO. ¿Cómo a España? ¡Bueno!
España son mis brazos.

DIANA. Yo os suplico,
señor conde, dejéis aquí a Teodoro
hasta que se reporte y en buen hábito   3125
vaya a reconoceros como hijo;
que no quiero que salga de mi casa
con aqueste alboroto de la gente.

LUDOVICO. Habláis como quien sois tan cuerdamente.
Dejarle siento por un breve instante,   3130
mas porque más rumor no se levante,
me iré, rogando a vuestra señoría
que sin mi bien no me anochezca el día.

DIANA. Palabra os doy.

LUDOVICO. Adios, Teodoro mío.

TEODORO. Mil veces beso vuestros pies.

LUDOVICO. Camilo,   3135
venga la muerte agora.

CAMILO. ¡Qué gallardo
mancebo que es Teodoro!

LUDOVICO. Pensar poco
quiero este bien, por no volverme loco.

Váyase el conde y lleguen todos los criados a TEODORO.

DOROTEA. Danos a todos las manos.

ANARDA. Bien puedes, por gran señor.   3140

DOROTEA. Hacernos debes favor.

MARCELA. Los señores que son llanos
conquistan las voluntades.
Los brazos nos puedes dar.

3121 *estaba de partida:* estaba a punto de partir.

3125 *que se reporte:* en el sentido de moderarse; reprimir alguna pasión de ánimo; o al que la tiene.

3131 *rumor:* voz, susurro que corre entre el público.

3142 *señores... que son llanos:* aquéllos que son accesibles, sencillos, sin presunción.

DIANA.	Apartaos, dadme lugar,	3145
	no le digáis necedades.	
	Déme vuestra señoría	
	las manos, señor Teodoro.	
TEODORO.	Agora esos pies adoro,	
	y sois más señora mía.	3150
DIANA.	Salíos todos allá;	
	dejadme con él un poco.	
MARCELA.	¿Qué dices, Fabio?	
FABIO.	Estoy loco.	
DOROTEA.	¿Qué te parece?	
ANARDA.	Que ya	
	mi ama no querrá ser	3155
	el perro del hortelano.	
DOROTEA.	¿Comerá ya?	
ANARDA.	Pues ¿no es llano?	
DOROTEA.	Pues reviente de comer.	

Váyanse los criados.

DIANA.	¿No te vas a España?	
TEODORO.	¿Yo?	
DIANA.	No dice vuseñoría:	3160
	«Yo me voy, señora mía,	
	yo me voy, el alma no».	
TEODORO.	Burlas de ver los favores	
	de la fortuna.	
DIANA.	Haz extremos.	
TEODORO.	Con igualdad nos tratemos,	3165
	como suelen los señores,	
	pues todos los somos ya.	

3162-63 Se repiten los vv. 3052-53. El tópico del irse en cuerpo y quedarse en alma conoció una extensa difusión y tratamiento en variedad de géneros y a caballo de varios períodos literarios.

3164 *Haz extremos:* lamentarse con gran ansia.

DIANA.	Otro me pareces.
TEODORO.	Creo

que estás con menos deseo;
pena el ser tu igual te da.   3170
    Quisiérasme tu criado,
porque es costumbre de amor
querer que sea inferior
lo amado.

DIANA.   Estás engañado,
    porque agora serás mío   3175
y esta noche he de casarme
contigo.

TEODORO.   No hay más que darme;
fortuna, tente.

DIANA.   Confío
que no ha de haber en el mundo
tan venturosa mujer.   3180
Vete a vestir.

TEODORO.   Iré a ver
el mayorazgo que hoy fundo,
    y este padre que me hallé
sin saber cómo o por dónde.

DIANA.   Pues adiós, mi señor conde.   3185
TEODORO. Adiós, condesa.
DIANA.   Oye.
TEODORO.   ¿Qué?
DIANA.   ¡Qué! Pues ¿cómo a su señora
así responde un criado?
TEODORO. Está ya el juego trocado,
y soy yo el señor agora.   3190
DIANA.   Sepa que no me ha de dar
más celitos con Marcela,
aunque este golpe le duela.

3191 Es digno de destacar el cambio del trato que refleja el uso pro-
nominal, aunque las opciones son varias («tú», «vos», «vuesa merced»,
«vuseñoría», como vimos anteriormente).

TEODORO.	No nos solemos bajar
	los señores a querer
	las criadas.
DIANA.	Tenga cuenta
	con lo que dice.
TEODORO.	Es afrenta.
DIANA.	Pues ¿quién soy yo?
TEODORO.	Mi mujer. *[Váyase.]*
DIANA.	No hay más que desear; tente, fortuna,
	como dijo Teodoro, tente, tente.

3195

3200

Salen FEDERICO y RICARDO

RICARDO.	En tantos regocijos y alborotos,
	¿no se da parte a los amigos?
DIANA.	Tanta
	cuanta vuseñorías me pidieren.
FEDERICO.	De ser tan gran señor vuestro criado
	os las pedimos.
DIANA.	Yo pensé, señores,
	que las pedís, con que licencia os pido,
	de ser Teodoro conde y mi marido.

3205

Váyase la condesa.

RICARDO.	¿Qué os parece de aquesto?
FEDERICO.	Estoy sin seso.
RICARDO.	¡Oh, si le hubiera muerto este picaño!

Sale TRISTÁN.

FEDERICO.	Veisle, aquí viene.
TRISTÁN.	Todo está en su punto.
	¡Brava cosa! ¡Que pueda un lacaífero
	ingenio alborotar a toda Nápoles!

3210

3196 *Tenga cuenta:* tener cuidado, atención.
3209 *picaño:* pícaro, holgazán; andrajoso y de poca vergüenza.
3211 *lacaífero:* neologismo con efectos cómicos; también usa Lope la
variante de «lacayífero» en otras comedias (*El sembrar en buena tierra*,
por ejemplo).

RICARDO.   Tente, Tristán, o como te apellidas.
TRISTÁN.   Mi nombre natural es Quita-vidas.
FEDERICO.   ¡Bien se ha echado de ver!
TRISTÁN.   Hecho estuviera,   3215
            a no ser conde de hoy acá este muerto.
RICARDO.   Pues ¿eso importa?
TRISTÁN.   Al tiempo que el concierto
            hice por los trecientos solamente,
            era para matar, como fue llano,
            un Teodoro criado, más no conde.   3220
            Teodoro conde es cosa diferente,
            y es menester que el galardón se aumente,
            que más costa tendrá matar un conde
            que cuatro o seis criados que están muertos,
            unos de hambre y otros de esperanzas,   3225
            y no pocos de envidia.
FEDERICO.   ¿Cuánto quieres?
            ... ¡y mátale esta noche!
TRISTÁN.   Mil escudos.
RICARDO.   Yo los prometo.
TRISTÁN.   Alguna señal quiero.
RICARDO.   Esta cadena.
TRISTÁN.   Cuenten el dinero.
FEDERICO.   Yo voy a prevenillo.
TRISTÁN.   Yo a matalle.   3230
            ¿Oyen?

            Váyanse y entre TEODORO.

TEODORO.   Desde aquí te he visto hablar
            con aquellos matadores.
TRISTÁN.   Los dos necios son mayores
            que tiene tan gran lugar.   3235
             Esta cadena me han dado,

─────────
3219 *fue llano*: claro, fácil, obvio.

                    mil escudos prometido
                    porque hoy te mate.
TEODORO.   ¿Qué ha sido
                    esto que tienes trazado?
                    Que estoy temblando, Tristán.   3240
TRISTÁN.   Si me vieras hablar griego,
                    me dieras, Teodoro, luego
                    más que estos locos me dan.
                       ¡Por vida mía, que es cosa
                    fácil el [greguecizar]!   3245
                    Ello en fin no es más de hablar;
                    mas era cosa donosa
                       los nombres que les decía:
                    Azteclias, Catiborratos,
                    Serpelitonia, Xipatos,   3250
                    Atecas, Filimoclía;
                       que esto debe de ser griego,
                    como ninguno lo entiende,
                    y en fin, por griego se vende.
TEODORO.   A mil pensamientos llego   3255
                       que me causan gran tristeza,
                    pues si se sabe este engaño,
                    no hay que esperar menos daño
                    que cortarme la cabeza.
TRISTÁN.   ¿Agora sales con eso?   3260
TEODORO.   Demonio debes de ser.
TRISTÁN.   Deja la suerte correr,
                    y espera el fin del suceso.

3245 *greguecizar:* el hablar aparentemente en griego; o el simular formas o giros griegos. También documentan los lexicógrafos de la época tanto «grecizar» como «greguizar».

3249-50 Tenemos aquí nueva lista de neologismos con efectos cómicos. Aportan asociaciones humorísticas: «Azteclias» sería un derivado de «Aztecas»; «Catiborratos», del compuesto «cati» y «borra»; «Serpelitonia» asocia «Babilonia» y el prefijo «sierpe»; «Xipatos» por Jipatos; «Atecas» de fácil identificación, pero no así «Filimoclía». De la asociación con nombres conocidos y sus diferenciados nace el contraste y el choque humorístico. Véanse vv. 2781, 2790, 2802, 2816.

TEODORO.   La condesa viene aquí.
TRISTÁN.   Yo me escondo; no me vea.   3265

                 Sale la condesa.

DIANA.   ¿No eres ido a ver tu padre,
                 Teodoro?
TEODORO.   Una grave pena
                 me detiene, y finalmente,
                 vuelvo a pedirte licencia
                 para proseguir mi intento   3270
                 de ir a España.
DIANA.   Si Marcela
                 te ha vuelto a tocar al arma,
                 muy justa disculpa es ésa.
TEODORO.   ¿Yo, Marcela?
DIANA.   Pues ¿qué tienes?
TEODORO.   No es cosa para ponerla   3275
                 desde mi boca a tu oído.
DIANA.   Habla, Teodoro, aunque sea
                 mil veces contra mi honor.
TEODORO.   Tristán, a quien hoy pudiera
                 hacer el engaño estatuas,   3280
                 la industria, versos, y Creta
                 rendir laberintos, viendo
                 mi amor, mi eterna tristeza,
                 sabiendo que Ludovico
                 perdió un hijo, esta quimera   3285
                 ha levantado conmigo,
                 que soy hijo de la tierra,
                 y no he conocido padre
                 más que mi ingenio, mis letras
                 y mi pluma, el conde cree   3290
                 que lo soy, y aunque pudiera

3272 *tocar al arma:* prevenir a los soldados para que acudan a sus
puestos.
3281 *industria:* astucia, arte, habilidad.
3287 *hijo de la tierra:* sin padres o parientes conocidos; hijo bastardo.

ser tu marido, y tener
tanta dicha y tal grandeza,
mi nobleza natural
que te engañe no me deja,   3295
porque soy naturalmente
hombre que verdad profesa.
Con esto, para ir a España
vuelvo a pedirte licencia,
que no quiero yo engañar   3300
tu amor, tu sangre y tus prendas.

DIANA.   Discreto y necio has andado:
discreto en que tu nobleza
me has mostrado en declararte;
necio en pensar que lo sea   3305
en dejarme de casar,
pues he hallado a tu bajeza
el color que yo quería,
que el gusto no está en grandezas,
sino en ajustarse al alma   3310
aquello que se desea.
Yo me he de casar contigo;
y porque Tristán no pueda
decir aqueste secreto,
hoy haré que cuando duerma,   3315
en ese pozo de casa
le sepulten.

TRISTÁN.   *Detrás del paño.* ¡Guarda afuera!
DIANA.   ¿Quién habla aquí?
TRISTÁN.   ¿Quién? Tristán,
que justamente se queja
de la ingratitud mayor   3320
que de mujeres se cuenta.
Pues, siendo yo vuestro gozo,
aunque nunca yo lo fuera,
¿en el pozo me arrojáis?

DIANA.   ¿Que lo has oído?
TRISTÁN.   No creas   3325
que me pescarás el cuerpo.

DIANA.   Vuelve.
TRISTÁN.   ¿Que vuelva?
DIANA.   Que vuelvas.
    Por el donaire te doy
    palabra de que no tengas
    mayor amiga en el mundo,   3330
    pero has de tener secreta
    esta invención, pues es tuya.
TRISTÁN.   Si me importa que lo sea,
    ¿no quieres que calle?
TEODORO.   Escucha.
    ¿Qué gente y qué grita es ésta?   3335

Salen el conde LUDOVICO, FEDERICO, RICARDO, CAMI-
   LO, FABIO, ANARDA, DOROTEA, MARCELA.

RICARDO.   Queremos acompañar
    a vuestro hijo.
FEDERICO.   La bella
    Nápoles está esperando
    que salga, junta a la puerta.
LUDOVICO. Con licencia de Diana,   3340
    una carroza te espera,
    Teodoro, y junta, a caballo,
    de Nápoles la nobleza.
    Ven, hijo, a tu propia casa
    tras tantos años de ausencia;   3345
    verás adonde naciste.
DIANA.   Antes que salga y la vea,
    quiero, conde, que sepáis
    que soy su mujer.
LUDOVICO.   Detenga
    la fortuna, en tanto bien,   3350
    con clavo de oro la rueda.

3351 *con clavo de oro la rueda:* asegurar que lo acaecido no se vuelva
atrás, fijando así con «clavo de oro» el cambio que se desea como per-
manente.

Dos hijos saco de aquí,
si vine por uno.

FEDERICO.   Llega,
Ricardo, y da el parabién.

RICARDO.   Darle, señores, pudiera   3355
de la vida de Teodoro;
que celos de la condesa
me hicieron que a este cobarde
diera, sin esta cadena,
por matarle mil escudos.   3360
Haced que luego le prendan,
que es encubierto ladrón.

TEODORO.   Eso no, que no profesa
ser ladrón quien a su amo
defiende.

RICARDO.   ¿No? Pues ¿quién era   3365
este valiente fingido?

TEODORO.   Mi criado; y porque tenga
premio el defender mi vida,
sin otras secretas deudas,
con licencia de Diana,   3370
le caso con Dorotea,
pues que ya su señoría
casó con Fabio a Marcela.

RICARDO.   Yo doto a Marcela.

FEDERICO.   Y yo
a Dorotea.

LUDOVICO.   Bien queda,   3375
para mí, con hijo y casa,
el dote de la condesa.

TEODORO.   Con esto, senado noble,
que a nadie digáis se os ruega
el secreto de Teodoro,
dando, con licencia vuestra,
del *Perro del hortelano*
fin la famosa comedia.

COLECCIÓN AUSTRAL

Serie azul: Narrativa
Serie roja: Teatro
Serie amarilla: Poesía
Serie verde: Ciencias/Humanidades

ÚLTIMOS TÍTULOS PUBLICADOS